MIRELLA
KENNEL GIACOMINI

Pina La Straniera

Frühlingswiese

BAND 1

novum pro

www.novumverlag.com

Bibliografische Information
der Deutschen Nationalbibliothek:

Die Deutsche Nationalbibliothek
verzeichnet diese Publikation in
der Deutschen Nationalbibliografie.
Detaillierte bibliografische Daten
sind im Internet über
http://www.d-nb.de abrufbar.

Gedruckt in der Europäischen Union
auf umweltfreundlichem, chlor- und
säurefrei gebleichtem Papier.

© 2024 novum Verlag

ISBN 978-3-99146-528-7
Lektorat: Mag. Eva-Maria Peidelstein
Umschlagfoto:
Jozef Klopacka | Dreamstime.com
Umschlaggestaltung, Layout & Satz:
novum Verlag

www.novumverlag.com

Druckprodukt mit finanziellem
Klimabeitrag
ClimatePartner.com/16547-2311-1001

Vorwort
Aus dem Band der Lyrik

An junge Frauen von einer jungen Frau
An junge Frauen von einer gesetzten Frau
An alle Frauen von Frau zu Frau

Auch Männer lesen gerne hier
Willkommen seid auch alle ihr

Hören hören auf das Herz
Weinen weinen weg den Schmerz

Immerdar und irgendwann
Laufen, springen Pause machen
Innehalten große Zeit

Lernen bei Gelegenheit
Gib nicht auf und lauf nach vorn

Sehe weit und sehe fern, nicht weit weg zeigt sich der Stern
Himmelslichter gold und gelb, helle zeigt das Licht der Welt

Alles hören, fühlen klar immerzu und immer gar

Verstand geht mit mit deinem Herz
Hand in Hand und ohne Schmerz
Alle beide sind die zwei
vereint zusammen mit dir drei

Freude herrscht dann immerzu
Endlich kommt die Seel' zur Ruh

Menschenkind, um Himmelswillen
Danke dir, du Herrlichkeit

Vorbei der Traum in Lebenszeit
Echtheit kommt hervorgeeilt

Danke dir, du große Macht
Hast das Leben heil gemacht

Mirella Kennel Giacomini Sardinien

1964. Ein kalter Winter, so wie er eben damals noch war. Sehr viel Schnee und die Kinder hatten riesigen Spaß daran. Es konnten noch so richtig große Schneemänner und Schneehütten gebaut werden.

Wie die Kinder damals im Schnee spielten, das wusste Pina noch ganz genau. Pina schaute sehr gerne, wenn es so richtig schneite, zum Fenster hinaus. Sie beobachtete die vielen leichten Schneeflocken, die vom Himmel auf die Erde schwebten. Sie zog sich warm an und ging ins Freie. Es gab so viel Schnee, dass sogar der große, gelbe Bagger kommen musste. Ein richtiger Bagger, der den Schnee auf die Seite schob mit seiner großen Schaufel. Es gab riesige Schneeberge. Dort konnte Pina zusammen mit ihren Freunden richtige Schneehütten bauen und auf den Schneebergen herumklettern. Mit ihren Händen schaufelten sich die Kinder ein großes Loch. Schwerstarbeit für die kleinen Kinderhände. Doch diese selbst erschaffenen Schneehütten waren damals das Größte. Die Kinder konnten sich so richtig in eine andere Welt versetzen und spielen. Die Mama von Pina kam mit einer Thermosflasche, gefüllt mit warmer Bouillonsuppe. Das war ein großartiges Erlebnis. Auch bauten sich die Kinder eine eigene Eisfläche. Sie gossen aus dem Wasserhahn, der dazu gedacht war, einen Schlauch anzuschließen, um die Autos zu waschen, eine Unmenge Wasser auf den von ihnen plattgestampften Schnee. So konnten sie tatsächlich auf ihrem eigenen Eis Schlittschuh laufen. So lange, bis die Sonne kam oder der Hauswart. Dann war es vorbei mit der Kinderfreude. Der Abwart schimpfte wegen des vielen Wassers, das die Kinder verbrauchten, und die Sonne schmolz das Eis. Doch für eine kurze Zeit hatten die Kinder ihre eigene Welt erschaffen.

Es gab viele schöne Momente in der Kindheit von Pina. Immer war irgendetwas los. Sie erfanden Spiele, die sie in der freien Natur auslebten. Da gab es auch die großen Steine und Sandhaufen von der Baufirma. Im Sommer war es nicht der Schnee, der die Kinder faszinierte, es waren die vielen Stein- und Sandhaufen. Nichts war eingezäunt oder abgesperrt. Sie konnten einfach barfuß diese großen Sandhaufen hochkrabbeln und sich so richtig darin wälzen und wieder nach unten rutschen. Mit den großen Steinen bauten sie wieder Verstecke und spielten Ritter. Einmal fand Pina so eigenartige, runde, schwere Gebilde aus rostigem Eisen. Sie spielten Räuber und Hexe mit diesen kostbaren Funden. Es gab drei Tannen vor dem kleinen Birkenwald. Dort musste die Hexe diese Kostbarkeiten verstecken. Die Räuber waren beauftragt, so viele von den runden Gebilden wie möglich zu finden und zu stehlen. Die Hexe aber war immer auf der Hut. Wenn Sie einer der Räuber berührte, musste dieser ins Hexenverlies, das die Kinder zuvor gebaut hatten. Der- oder diejenige, die am meisten von diesen runden, schweren Eisendingern gesammelt hatte, durfte dann die Hexe spielen, und das Spiel ging von vorne los. Auch gab es damals noch diese Schnitzeljagden oder Pfeiljagden. Eines der größeren Kinder nahm eine Kreide oder eben Schnitzel und markierte mit einem Pfeil die Richtung, wo die Kinderbande des Weges ging. So wurde dann diese Jagd durch das ganze Dorf hindurch eröffnet. Es gab dann zwei Gruppen. Die Gruppe, die die Pfeile auf den Boden oder sonst wohin malten und die Route legten, und die Gruppe, die die Bande suchen musste. Es gab damals noch diese Dorfbanden. Die Geißer Bande oder die Schwefelhorde, wie auch immer sie hießen. Sie waren richtige Rivalen und manchmal gingen die Zerstörungen der Hütten von den einen zu den andern so richtig an die Grenzen. Die Erwachsenen mussten eingreifen. Auch spielte Pina viel mit ihrem Ball. Das 10er Spiel gefiel ihr besonders gut. Sie konnte sich stundenlang mit dem Ball und dem Spiel alleine beschäftigen.

Einfach diese klare, kalte Winternacht, die hat sie immer wieder vor Augen. Ganz klar, so klar, als ob es heute wäre. Es schneite und die Nacht war sternenklar. Irgendetwas musste geschehen sein. Pina und ihr Bruder wurden aus dem Schlaf geholt. Warme Kleider, Handschuhe und Mützen, auch ihre warmen Stiefel sollten sie sich anziehen.

Was vorher geschah, das hatte die Kleine vergessen, oder sie wollte es einfach nicht mehr wissen. Pina durfte auf dem Lindauer Holzschlitten sitzen. Auch ihr Bruder sollte das tun. Doch der Bruder lief an der Hand der Mutter in die Nacht hinein. Er bemerkte, dass die Mutter nicht genug Kraft zum Ziehen hatte, wenn beide Kinder auf dem Schlitten saßen. Also lief er tapfer neben der Mutter her. Pina hatte einen kurzen Moment Mitleid mit ihrem Bruder. Doch sie freute sich zu sehr, in der dunklen Nacht auf dem Schlitten zu sitzen, gezogen zu werden und die Schneeflocken zu beobachten. Mit der Zunge versuchte sie immer wieder einige zu fangen, um dann die Kälte und das feine Nass, das auf der Zunge einen kurzen Moment innehielt, zu genießen.

Die Mutter von Pina war eine französisch sprechende Schweizerin, aber der Vater war ein Kind von einer Familie, die schon vor langer Zeit von Norditalien in die Schweiz gezogen war. Schon vor vielen Jahren zog der Urgroßvater von Pina in die Schweiz. Damals waren es die Italiener, die Secondos, die die Arbeiten machten, die die Schweizer nicht machen wollten. Später machten das andere Nationalitäten und die Italiener rückten zu ihrer Erleichterung etwas in den Hintergrund. Die Tschinggen, wie sie damals genannt wurden, auch heute kennt man dieses Wort noch sehr gut, waren zum Arbeiten gut, ansonsten wurden sie ausgegrenzt. Nicht offiziell, aber es gab genug Leute, die die Italiener nicht mochten. Die bringen Schmutz in die saubere Schweiz. Die nehmen den Schweizer Männern die Frauen weg. Damals waren bei den jungen und auch älteren Frauen die feurigen Italiener sehr gefragt. Die Italiener verstanden es, den blonden Schweizerinnen den Schmaus zu bringen.

Auch dass die italienischen Männer den Frauen nachschauten und sogar nachpfiffen, gefiel vielen Männern und älteren Menschen in der Schweiz nicht. Das gehörte sich nicht. Doch manche Frauen fühlten sich geschmeichelt ob der Beachtung dieser Männer. Für die Italiener war das normal. Nichts Negatives oder Schmutziges. Nein, sie liebten einfach die Schönheit der Frau und wussten, wie sie damit umzugehen hatten. Manch sturer, brachialer Schweizer hätte sich eine Scheibe abschneiden können. Die Melodie der Italiener klang durch die Schweiz. Das Fremde, das Neue begann Formen anzunehmen.

Viele Italiener kamen aus dem Norden. Sie arbeiteten als Mineure am Gotthardtunnel. Die Bauarbeiten begannen am 13. September 1872 am Südportal und am 24. Oktober im Norden. Es gab damals schon große technische Schwierigkeiten. Immer wieder gab es Wassereinbrüche und die Beschaffenheit der Gesteinsschichten wechselte manchmal alle paar Dutzend Meter. Auch die Temperatur im Tunnel stieg stellenweise auf 33 °C. Damals erschwerte eine unzureichende Lüftung das Atmen im mit Sprenggasen gefüllten Tunnel. Diese harte Arbeit war damals noch alles andere als lukrativ.

Für die Mineure, die im Gotthardtunnel arbeiteten, war das Schwerarbeit bei großer Hitze, tropischer Feuchtigkeit, permanentem Lärm. Überall war Staub und dichter Werkverkehr. Ohne diese jahrelange, gefährliche Arbeit der Norditaliener wäre ein solches Bauwerk unvorstellbar gewesen. Es gab immer wieder tödliche Unfälle. Oft durch den Werkverkehr, da immer wieder Arbeiter von den Maschinen eingeklemmt wurden. Oder es gab Hitzeerkrankungen. Auch verstarben Arbeiter. 1875 kam es zu einem Streik der Mineure. Sie verlangten einen Franken mehr Lohn pro Tag. Niemand von den Norditalienern ging damals zur Arbeit in den Tunnel. Der Tunneleingang wurde blockiert. Eine überforderte Polizeieinheit schoss in die Menge der Italiener. Vier italienische Arbeiter kamen dabei zu Tode. Mehrere Männer wurden schwer verletzt. Nach dem Vorfall reisten 80 Italiener ab und verließen diese gefährliche Arbeitsstelle. Sowieso mussten die Italiener das meiste von dem verdienten Geld für ihr Essen und die spärliche Unterkunft abgeben. Es blieb fast nichts übrig. Damals verdiente ein Mineur in einer Achtstundenschicht etwa 3,90 Franken. Die für die Arbeit notwendigen Lampen und das Öl mussten die Mineure selbst bezahlen: Dafür wurden ihnen 30 Rappen täglich abgezogen. Es wurden den Männern auch fünf Franken monatlich für ihre Kleidung und zwei Franken für ihre Aufenthaltsgenehmigung in der Schweiz abgezogen. Zwei Drittel von dem kleinen Lohn ging an Essen und die Unterkunft. Eine Frechheit war, dass ein Teil des Verdienstes in Coupons ausbezahlt wurde. Die Norditalier konnten diese Coupons nur in den betriebseigenen Geschäften einlösen. Für die Arbeiter wurden Quartiere eingerichtet. Es gab kleine, dumpfe Zimmer, in denen sich Betten an Betten reihten. Als Matratze dienten halb verfaulte Strohsäcke. Es gab überall schlechte Luft in den Räumen. Neben den Betten musste gekocht werden, und es herrschte Mangel an frischem Wasser. Der Gestank der Öllampen war unerträglich. Es war schmutzig und es herrschten miserable hygienische Zustände. Viele Arbeiter erkrankten an Silikose, die sie sich im Tunnel durch den omnipräsenten Granitstaub zugezogen hatten. Es gab auch Wurmkrankheiten, Durchfall und Typhus. Die bedenklichen Zustände kamen irgendwann ans Licht, es wurden bessere Bedingungen gefordert. Diese Bedingungen wurden damals nie durchgesetzt. Niemand fühlte sich für diese Sache, diese Menschen zuständig.

Noch heute erinnert ein Monument auf dem Friedhof in Göschenen an Favre (Initiant des Tunnelbaus) und die Opfer.

Das Monument besteht aus einer Büste Favres und aus einem Mineur, der davor am Boden sitzt. Die Inschrift erinnert an die Opfer der Arbeit.

Im Tunnel selbst wurden die Orte mit weißer Schrift markiert, und die Daten und Namenskürzel der Opfer des jeweiligen Todesfalles festgehalten.

Giuseppe, Pinas Vater erzählte viele Geschichten von damals. Er sprach noch nicht Schweizerdeutsch und musste in die erste Klasse gehen. Für diesen kleinen, hübschen Jungen war das nicht einfach. Er verstand kein Wort und wurde sofort ausgegrenzt von den anderen Kindern. Das Schlimmste war für ihn jeden Tag der Schulschluss. Er musste nach Hause gehen, doch drei ältere Jungs, die bereits in die Sekundarschule gingen, machten ihm das Leben schwer. Sie passten ihn jeweils auf dem Schulhausplatz ab, zerrten ihn in den Gang der Unterführung. Sie drohten ihm, ihn anzuzünden. Sie schlugen ihn und bespuckten ihn. Er getraute sich nicht, jemandem etwas zu sagen. Auch zu Hause nicht; seinen Eltern konnte er das nicht anvertrauen. Die hätten ihm sowieso nicht geglaubt und sogar noch mit ihm gescholten, wegen seiner Schuld.

Der Schulhauswart war die Rettung. Er beobachtete eines Tages per Zufall dieses Vorgehen. Die drei älteren Jungs wurden zur Rechenschaft gezogen. Von da an hatte der kleine Ausländerjunge seine Ruhe.

Das erste Mal, als er mit einem richtigen Auto fahren konnte, vergaß Giuseppe nie. Giuseppe hatte einen sehr langen Schulweg. Es war ein kalter Winter und der Junge lief im Schneesturm nach Hause. Ein alter VW (Käfer) hielt neben ihm an. Es war der Herr Doktor vom Dorf. Damals gab es nur sehr wenige Leute, die ein Auto fuhren. Dieser Herr Doktor fragte: „Na, kleiner Junge, wo wohnst Du denn? Ich nehme Dich gerne ein Stück mit." Giuseppe ließ sich diese Gelegenheit nicht entgehen. Er stieg in das Auto vom Herrn Doktor und saß das erste Mal in seinem Leben in einem richtigen Fahrzeug. Der Herr Doktor fuhr langsam weiter. Der kleine Junge staunte wegen all der Bäume, Häuser, Sträucher und Menschen, die draußen an ihm vorbeihuschten. Er genoss diese Fahrt ganz aufgeregt und still. Wie in einem Traum fuhr der kleine Junge im Auto vom Herrn Doktor mit. Erst als der Doktor fragte, wo er denn nun wohne, reagierte Giuseppe. Sie waren schon lange an dem Haus, wo Giuseppe wohnte, vorbeigefahren. Der Herr Doktor hielt an und sagte ihm, dass er nicht wenden könnte, er hätte einen Arzttermin. Also stieg Giuseppe aus dem Auto und hatte noch viel länger zurückzulaufen als der Schulweg gewesen wäre. Das war Giuseppe aber so etwas von egal. Er jubelte innerlich und tanzte durch das Schneegestöber. Er hatte eine solche Freude in sich, diese Fahrt erlebt zu haben.

Giuseppes Mutter nähte viele schöne Kleider für ihre Kinder. Auch strickte sie alles Mögliche selbst. Giuseppe erinnerte sich noch, dass er eine Wollmütze gestrickt bekam. Diese Wollmütze hatte einen riesigen Pompon obendrauf. Die Mutter von Giuseppe gab sich so richtig Mühe, dass ihre Kinder saubere und schöne Kleidung trugen. Sie wollte nicht, dass irgendjemand ihre Kinder mit schmutzigen, verlumpten Kleidern sah. Jedenfalls Giuseppes Mutter kam aus gutem Hause.

Einmal, auf dem Nachhauseweg, hielt Giuseppe eine Frau am Ärmel zurück. Sie fragte den Jungen, ob sie diese wunderschöne Strickmütze einen Tag ausleihen könne. Sie wolle sich das Muster abschauen. Schüchtern und wohlerzogen gab der Junge ohne Zögern die Strickmütze dieser Frau. Obwohl er grosse Angst hatte, ohne Mütze nach Hause zu gehen. Doch die Mutter von Giuseppe bemerkte nichts. Am anderen Tag, als Giuseppe wieder auf dem Nachhauseweg von der Schule war, stand die Frau wieder am selben Ort vor ihm. Sie gab ihm die Mütze zurück. Als Dank bekam Giuseppe vier Schokoladenköpfe: einen für Giuseppe und die anderen für seine drei Schwestern. Diese Schokoladenköpfe waren mit einer feinen, weißen Zuckermasse gefüllt. So etwas hatte Giuseppe noch nie bekommen. Er dachte nicht daran, den Schwestern etwas abzugeben. Die hatten keine Mütze ausgeliehen. Es war einzig und allein seine Strickmütze gewesen. Also beschloss Giuseppe, alle vier Schokoladenköpfe allein zu essen. Und wie diese ihm schmeckten! Einfach köstlich.

Es war für den Jungen nicht immer so einfach. Da seine Mutter sehr religiös war, musste Giuseppe ab der 2. Klasse als Messdiener seine Pflicht erfüllen. Ob er wollte oder nicht. Der kleine Junge musste doch tatsächlich jeden Morgen vor der Schule bei den Ordensfrauen zur Messe als Messdiener auftreten. Das hatte seine Mutter so arrangiert. Der Junge hatte keine andere Wahl. Es war eine harte Zeit. Jeden Morgen so früh aus dem Bett zu gehen und für die Nonnen die Messe mitzugestalten, war für den kleinen Giuseppe ein Albtraum. Auch musste der Junge jeden Sonntag zur heiligen Messe gehen. Da gab es nichts. Die Mutter war sehr bemüht, die katholische Kirche nicht zu enttäuschen. Also schickte sie ihren Jungen nach Anfrage des Herrn Pfarrers jeden Morgen ins Kloster der Nonnen zur Heiligen Messe. Er musste diesen Job als Altardiener übernehmen, ob er wollte oder nicht. Das Altardienen ging noch. Doch musste Giuseppe jeden Morgen eine Klosterfrau an der Hand führen. Es ging eine steile Treppe hinauf. Giuseppe wurde richtig gezwungen, diese Nonne die Treppe hochzuziehen. Das machte er einige Zeit. Doch eines Tages, als er auf der obersten Treppe angekommen und die Ordensfrau noch zwei Stufen weiter unten war, ließ Giuseppe die Hand der Nonne los. Die Ordensfrau fiel die Treppe rückwärts hinunter. Zum Glück passierte nichts Schlimmeres, außer dass diese Nonne die Haube verlor. Giuseppe hörte nicht auf zu starren. Er sah kleine weiße Stoppeln auf dem Kopf der Nonne. Alles andere am Kopf der Nonne war in diesem Moment knallrot. Wie ein Schweinchen sah die Nonne aus. So kam es Giuseppe in diesem Moment vor. Er konnte das Lachen nicht zurückhalten.

Das gab ein großes Nachspiel. Nicht nur im Kloster von den Nonnen und dem Herrn Pfarrer, nein, auch bei Giuseppe zu Hause.

Das einzig Gute für Giuseppe war, dass er von da an nicht mehr als Altardiener wirken durfte. Die vermeintliche Strafe war für ihn eine Erlösung.

Als Giuseppe etwas älter war, musste er ganz allein nach Davos in eine Lungenklinik gehen. Er hatte eine Lungenkrankheit und musste zur Genesung dorthin gehen. Die Luft in Davos galt als sehr heilend für solche Angelegenheiten. Er musste lange Zeit dortbleiben. Ganz allein. Weg von der Familie, weg von seinem Umfeld. Der Junge sprach in der Zwischenzeit fließend die Sprache der Schweizer.

Schlimm war es für ihn, als alle Jungs das Aufgebot in die Rekrutenschule bekamen. Er war der Ausländer. Er durfte nicht in der Schweizer Armee dienen. So wurde er wieder einmal ausgegrenzt. Alle hatten etwas zu erzählen. Es bildeten sich Gemeinschaften, die ihm fremd blieben. Wie gerne wäre er dabei gewesen. Wie gerne hätte er gewollt, dass er einer von ihnen sei. Wie gerne wäre er…

Mutter sagte kein Wort. Pina gefiel die Schlittenfahrt. Die Schneeflocken tanzten leise vom Himmel auf die Erde. Die Mutter lief mit ihren zwei Kindern sehr lange, bis sie endlich das Haus der Großeltern erreichten. Die Nonna stand bereits an der Türe. Nahm ihre Schwiegertochter in den Arm und half den Kindern, die Jacken und Stiefel auszuziehen. Im Haus der Großeltern war es im Winter immer sehr kalt. Der Holzofen in der Küche reichte für diesen einen Raum. Alle anderen Zimmer wurden fast nie warm. Obwohl es einen großen Kachelofen in der Stube gab. Wahrscheinlich musste an Holz gespart werden. Pina und ihr Bruder durften sofort in eines der kalten Zimmer, um in dem großen Bett zu schlafen. Pina kam sich sehr erwachsen vor. Das Bett war für Erwachsene, und sie beide durften tatsächlich in diesem Bett schlafen. Die beiden wussten immer noch nicht, warum sie jetzt bei den Großeltern übernachten sollten. Pina versuchte einzuschlafen. Es ging nicht, denn sie entdeckte oben an einer Ecke eine riesige, große, schwarze, fette, Spinne. Es kamen noch mehr von diesen Tieren aus einem Loch an der Decke. Eine richtige Kolonne hatte sich gebildet mit diesen krabbelnden Tieren. Die Kinder riefen nach der Nonna. Diese kam mit einem Bohnerbesen und versuchte die Tiere ins Loch zurückzustopfen. So halbwegs gelang das auch. Doch musste sie noch einige Lappen holen, um sie dort hineinzuquetschen. Die Spinnen konnten nun nicht mehr durch den Spalt ins Zimmer krabbeln. Die Wohnung von den Großeltern war von einem Dreifamilienhaus die Oberste. Der Dachboden war also gleich obenan. Pina überlegte sich, was da oben sonst noch alles leben würde. Sie versuchte zu schlafen, was ihr dann auch irgendwann gelang.

Am anderen Morgen erfuhren die Kinder auch, warum sie diese Nacht zur Nonna mussten. Ihr Vater hatte einen Unfall. Er würde nie mehr nach Hause kommen. Der Vater, der in der Zwischenzeit schon lange einen Schweizerpass besaß. Der Vater, der für seine Kinder alles bedeutete. Dieser Vater sollte nie mehr zurückkommen? Es war unfassbar. Für die Kinder und die Mutter begann eine traurige Zeit. Doch mit den Jahren wurde der Schmerz weniger und sie lebten ein gutes Leben miteinander. Die Nonna von Pina war eine sehr religiöse Frau und verehrte den Papst mehr als alles andere. Überall in der Wohnung der Nonna hingen kleine und größere Bilder von diesem Mann mit dem kleinen Stoffteller hinten auf dem Haupt. Er sah für Pina eigenartig aus mit der Kopfbedeckung und dem gestickten Umhang, und dann hatte er auch noch ab und an einen Stab in der Hand. Es hingen auch viele kitschige Bilder an der Wand. Diese Bilder zeigten wulstige Engel, die von satten Wolken umgeben waren. Die Nonna besaß ein altes Buch, das in Leder gebunden war. Es musste ein Gebetsbuch sein. Da las die Nonna immer wieder drin, manchmal fast den ganzen Tag. Wenn Pina bei ihr auf Besuch war, saß die Nonna auf ihrem Stuhl und bewegte die Lippen ganz schnell, und es zischten feine, flüsternde Töne aus dem Munde der Nonna. Pina versuchte immer wieder, irgendetwas davon zu verstehen. Sie hatte keine Chance. Erstens waren diese zischenden Töne sehr leise und zweitens las die Nonna in italienischer Sprache im Gebetsbuch. Die alte, wunderschöne Schrift mit all den Schnörkeln faszinierte die kleine Pina, bevor sie überhaupt lesen konnte. Es nahm sie auch wunder, was die Nonna die ganze Zeit in diesem Buche zu lesen hatte. Die Nonna war jedes Mal so abwesend und vertieft. Da musste doch etwas Interessantes drinstehen. Da ahnte Pina noch nicht, dass dieses wertvolle Buch einmal ihr gehören würde. Also saß sie dann ruhig neben der betenden Nonna und war in ein Gefühl der Geborgenheit eingewoben. Von ihrer Nonna lernte die kleine Pina auch das Vaterunser beten. Die Nonna pflegte zu wissen, dass die Mutter von Pina im Unrecht sei, wenn sie nie zur Kirche ging und auch ihre Kinder nicht mit zur Kirche nahm. Pina aber genügte es, wenn ihre Mutter jeden Abend mit ihr das ‚Schutzengelchen mein' betete. Pina durfte erst dann in das frisch gelüftete Zimmer gehen, wenn das Fenster wieder geschlossen wurde. Vorab musste sie warten, bis sich die frische Luft in ihrem Zimmer eingenistet hatte. Dann schlüpfte Pina unter die Decke und wartete jeden Abend aufgeregt, bis ihre Mutter zu ihr ans Bett kam. Mutter setzte sich an den Bettrand und Pina faltete die Hände. Ihre Mutter machte dies ebenfalls und beide beteten zusammen jeden Abend das für Pina so wertvolle Kindergebet. Das ‚Schutzengelchen mein'. So konnte sie beruhigt einschlafen und hatte eine ganz kurze Zeit ihre Mutter, die tagsüber immer in Eile war und nie richtig Zeit für Pina hatte, für sich ganz allein. Es war für die kleine Pina eine heilige Zeit. Nur ihre Mutter und sie. Auch dass ihre Mutter ihr immer das Kreuzzeichen auf die Stirn malte, gefiel Pina. Nach dem Kreuzzeichen konnte sie in Ruhe einschlafen. Auch wenn sie aus dem Hause ging, malte Mama ihr jedes Mal das Kreuzzeichen auf die Stirn, obwohl sie nicht religiös zu sein schien. Sie gab sich auch so. Pina erinnert sich, dass neben der Eingangstüre auch ein kleines Gefäß mit Wasser an der Wand hing. Pina wusste, dass das ein ganz spezielles Wasser sein sollte, obwohl sie es nicht ganz verstand. Mama hatte dieses Wasser nicht von der Kirche geholt, sie hatte es einfach vom Wasserhahn genommen. Dieses Wasser sollte doch gesegnet sein. Doch es war einfach gewöhnliches Wasser. Das aber war Pina egal. Wichtig war, dass die Mutter ihr das Kreuzzeichen auf die Stirne malte mit dem Wasser, welches eben in dem Gefäß war. Von wegen gesegnet. Zu dieser Zeit holte man sich noch mit einer leeren Flasche das gesegnete Weihwasser in der katholischen Kirche. Pina hatte das mal zusammen mit einer Freundin gemacht. Sie kam sich vor wie eine Spionin. Die Kirche war leer, dunkel und kalt. Pina sah die für sie große Kirche mit dem modrigen, kalten Geruch mit Verwunderung an. Sie fühlte sich gar nicht heimelig in diesem Gotteshaus. Sie wusste nicht, dass sie später viele Zeit darin verbringen würde. Die Fresken mit all den bunt bemalten Bildern an der Wand, die alten Holzbänke wurden von Pina genauestens untersucht. Der Altar vorne war ganz etwas Besonderes, erklärte ihr die Freundin. Pina interessierte sich mehr für die kleine Kanzel, die auf der linken Seite über eine schmalen Wendeltreppe zu erreichen war. Nur allzu gerne wäre Pina die kleine, schmale Treppe hochgestiegen, um einen anderen Blickwinkel auf das Innere der Kirche zu erhaschen. Sie war das erste Mal bewusst in einem Gotteshaus. Pina getraute sich nicht, da hochzusteigen. Diese Kanzel war so hübsch. Goldig verschnörkelt, Marmor da und viele farbige Bilder irgendwelcher heiligen Menschen dort. Zusammen mit der Freundin ging sie zu dem großen Runden Marmorgefäß. Die Freundin hielt die Flasche an die Öffnung von diesem mit Wasser gefüllten Gefäß. Das gesegnete Weihwasser floss langsam in die Flasche.

Also das soll jetzt das gesegnete Wasser sein. Pina konnte keinen Unterschied zu dem Wasser, das zu Hause in dem kleinen Wandgefäß war, feststellen. Sie war beruhigt ob dieser Erkenntnis.

Es gab noch vier kleine, aus Holz gefertigte Kammern mit einem Gitterfenster, das von einem dunkelgrünen Samtvorhang umrahmt wurde, zu begutachten. Die Mädchen hätten liebend gerne gewusst, wie es im Inneren dieser Kammern aussah. Doch sie getrauten sich auch da nicht, die Türe zu öffnen. Später, als Pina zur Schule ging, durfte sie sich sogar in diese Kammern setzen, als sie zur Beichte gerufen wurde. Für Pina ein richtiges, großes Erlebnis. Ehrfürchtig, neugierig und mit Herzklopfen begann dieses Spektakel der Beichte. Diese Beichtstühle waren für Pina schon damals suspekt.

Pina und ihre Freundin wagten sich die knorrige Holztreppe hinauf, die ganz hinten am großen Eingang zur Kirche rechts und links nach oben führte. Es befand sich niemand außer diesen beiden Mädchen in dem Gotteshaus. Oben auf der großen Kanzlei angekommen, waren sie glücklich. Sie schauten wie von einem Balkon auf all die alten Kirchenbänke herunter. Der Altar sah von oben sehr klein und unbedeutend aus. Es war ein noch nie da gewesenes Gefühl für Pina, von so hoch oben auf etwas hinunterschauen zu können. Die riesigen Bilder, die oben an die Decke gemalt waren, waren plötzlich ganz nah. Es war, als ob sie jederzeit einen Heiligen berühren könnte. All diese goldenen Schnörkel da und dort, Kerzen, die brannten. Den Geruch von Moder, kaltem Weihrauch und eigenartigem Zeugs vergisst die kleine Pina lange Zeit nicht. Pina erlebte das erste Mal in ihrem kindlichen Leben, dass es noch andere Perspektiven und Dimensionen gab und geben musste als die kleine Welt, in der sie zusammen mit ihrer Mutter, dem Bruder und den Großeltern lebte.

Die wunderschöne alte Orgel mit den großen Orgelpfeifen beeindruckte die Kinder. Plötzlich hörten sie die große

Eingangstüre knarren. Schritte. Angst hatten die beiden Mädchen nicht, doch wer kam da rein, um die beiden Mädchen zu stören? Die beiden blieben ruhig und sogar das Atmen wollten sie unterdrücken, damit man sie nicht hören konnte. Sie schauten über die Empore runter und entdeckten einen mittelalterlichen Mann. Neugierig und still beobachteten die beiden Mädchen diesen für Sie unangenehmen Eindringling. Ohne die Mädchen zu bemerken, ging dieser Mann zu den Kerzen hin. Er nahm ein Geldstück aus der Tasche, warf es vorsichtig in den Teller neben den Kerzen und zündete eine weiße Kerze an. Der Mann kniete sich nieder. Dieser Mann blieb lange ganz ruhig an diesem Platz. Dann erhob er sich und verließ die Kirche wieder. Pina und ihre Freundin behielten diese Begebenheit für sich. Neu, aber unbedeutend war dieses Erlebnis für die beiden. Sie gingen die Treppe wieder hinunter und begaben sich ebenfalls zu diesen leuchtenden Kerzen. Es waren einige, die brannten. Natürlich hatten die beiden kein Geldstück, das sie in den Teller legen konnten. Sie waren einfach glücklich, weil sie die vielen, brennenden Kerzen in ihrer Nähe wussten. Es war für die Mädchen eine angenehme Situation.

Als Pina zuerst in den Kindergarten, dann in die Schule kam, stellte sie fest, dass ihre Lehrpersonen Ordensschwestern waren. Die erste katholische Ordensfrau, der Pina ganz in der Nähe begegnete, war also im Kindergarten. Das war Pinas Start in die katholische Erziehung. Diese katholische Schwester war sehr lieb. Pina war schüchtern. All diese vielen Kinder plötzlich um sich zu haben, war für Pina zu viel. Sie saß jeden Tag auf ihrem Kindergartenstuhl. Sie war schüchtern und hatte schon damals ihre innere Welt entdeckt. Eine Welt, die ihr so vieles ermöglichte. All ihre Träume und Visionen lebte Pina für sich allein. Eine große Welt, die sie eigentlich allen zugänglich machen wollte. Doch sie behielt dieses Geheimnis der Entdeckung für sich.

Es gab verschiedene Spielecken im Kindergarten. Schon da bemerkte Pina, dass sie sich nicht diesen Machtkämpfen aussetzen wollte, die jeden Tag stattfanden. Da waren die Puppenecke, die kleinen Autos für die Knaben, Bauklötze usw. Die frechen Mädchen beschlagnahmten sofort das vermeintlich Beste für sich. Jeden Tag, aber auch wirklich jeden Tag waren dieselben Mädchen in der Puppenecke und spielten Vater und Mutter. Immer dieselbe Göre dirigierte alle andern herum. Befahl, wer welche Rolle übernehmen durfte usw.

Pina hätte auch gerne mal in dieser Ecke gespielt, doch es gab keine Chance. Sie war einfach zu schüchtern und zu anständig. Sie mochte auch nicht kämpfen. Also malte Pina jeden Tag ihre Zeichnungen und blieb auf ihrem Stuhl sitzen. Tag für Tag, eigentlich ein ganzes Kindergartenjahr lang zeichnete Sie mit ihren Buntstiften schöne A4-Blätter voll. Wahrscheinlich musste die Ordensfrau bemerkt haben, dass sich Pina die ganze Zeit im Kindergarten nie von ihrem Platz auf dem Stuhl bewegte. Nur ein Mal verließ Pina ihren Stuhl unfreiwillig. Ein Kindergartenlehrfräulein wurde von der Schwester beauftragt, die kleine Pina mal von ihrem Platz wegzuholen. Pina hatte an diesem Morgen ihre kleine, rosarote Kapuzenpuppe dabei. Diese Puppe hatte eine weiße Träne auf ihr Gesicht gemalt bekommen. Das Fräulein nahm Pina an der Hand und führte sie von ihrem sicheren Platz weg ans Fenster. Dort sah das Fräulein, dass die Puppe weinte und sagte zu Pina, ob sie sich denn als Puppenmama nicht gut um ihre Puppe gekümmert hätte, dass diese Puppe weinen müsste. Pina hatte sich so sehr geschämt, denn sie hatte die Puppe ja mitgenommen, weil sie sie nicht allein lassen wollte in ihrem Schmerz. Das Fräulein hatte es aber ganz anders gedeutet. Pina war zu schüchtern, als dass sie sich gewehrt hätte. Denn sie war eine sehr gute Puppenmutter. Pina war so enttäuscht, dass das Fräulein nicht bemerkte, wie liebevoll sie die Puppe behütete. Pina wollte wieder zurück an ihren

Platz, und das Fräulein hatte keine Lust, sich mit Pina auseinanderzusetzen.

Pina hatte eine Schublade mit einem Tierbildchen drauf, so wie jedes andere Kind auch. Dort konnte Pina all ihre Zeichnungen aufbewahren. Ihre Schublade war die, die am meisten gefüllt war mit schönen Zeichnungen. Auch draußen im Gang gab es für jedes Kind ein Tierbildchen, mit einem Haken für die Kleider. So wusste jedes Kind, wo der Platz war, wo sie jeweils die Jacken und Schuhe ablegen und auch wiederfinden konnten.

Die Ordensfrauen trugen damals immer noch die großen, breiten Hauben auf ihrem Haupt. Außen schwarz und innen weiß. Wie unbekannte Vögel sahen sie in ihren Kleidern aus. So eine richtige Ordensschwester. Erst später wurden diese breiten Hauben durch einfache, schwarze Kopftücher ersetzt. Pina wird auch diesen Geruch aus dem Kindergarten nicht vergessen.

Einmal geschah etwas Unfassbares für Pina. Jedes Mal, wenn ein Kind auf die Toilette musste, wurde verlangt, dass das Kind zur Ordensschwester lief und die flache, gestreckte Hand vor das Gesicht der Ordensfrau hielt. So wusste die Lehrperson, dass dieses Kind zur Toilette musste. Wenn die Ordensfrau mit ihrem Kopf nickte, wusste das Kind, dass sie ihm die Erlaubnis gab, auf die Toilette zu gehen. Pina beobachtete, dass eine Schar Kinder um die Schwester wirbelten. Sie schrien und wollten irgendetwas. Pina aber sollte unbedingt zur Toilette gehen. Sie aber wartete, bis doch endlich diese Horde Kinder von der Ordensschwester ablassen würden. Dem war nicht so. Pina nahm allen Mut zusammen und versuchte, der Schwester ihre Hand vors Gesicht zu halten. Es gelang ihr nicht. Es versammelten sich zu viele andere Kinder um die Ordensfrau. Pina war zu folgsam, als dass sie einfach ohne Erlaubnis der Schwester zur Toilette ging. Pina war in Not. Sie eilte zu ihrem Stuhl, setzte sich und ein warmes Bächlein floss durch ihre Unterhöschen auf den Holzstuhl und dann auf den Boden. Niemand hatte es bemerkt. Pina war sehr verzweifelt. Sie nahm einfach einen trockenen Stuhl und tauschte den nassen Stuhl damit. Es war eine Tat der Verzweiflung. Sie schämte sich so fest. Sie hoffte so sehr, dass niemand etwas bemerken würde. Sie wusste noch ganz genau, dass sie ganz schöne, neue Unterhöschen anhatte. Weiß mit dunkelblauen Tupfen und dunkelblauen Rändern. Diese waren jetzt nass. Als endlich die Horde Kinder von der Schwester abließ, wurde es auch wieder ruhiger im Kindergarten. Ein Junge wollte sich auf seinen Platz setzen, doch sein Stuhl war nass. Er schrie auf und wusste sofort, was da los war. Er suchte den Übeltäter oder die Übeltäterin. Bei allen Kindern versuchte er herauszufinden, wo es roch oder wo es nass war. Bei den Mädchen ging er die Röcke hochziehen und bei den Jungs versuchte er einen Geschmack zu erhaschen, der zur Erkennung des Übeltäters führen sollte. Bei Pina angekommen, die anderen Kinder hatten sich schon lange wieder ins Spiel vertieft, schrie er: „Die war es, du hast in die Hose gemacht!" Er verpetzte Pina bei der Ordensfrau. Doch die Ordensfrau stieg nicht auf dieses Gejammer und Geschrei von dem frechen Buben ein. Sie ermahnte ihn, einen Eimer mit Wasser zu holen und den Wischer mit dem Putzlappen. Sie schaute die kleine Pina an und schenkte ihr ein Lächeln mit einem kurzen Nicken ihres Kopfes. In dem Moment kam Pina eine unendliche Menschenliebe von dieser Ordensfrau entgegen. Ein riesiges Vertrauen. Da musste doch etwas mehr existieren als „nur" der Mensch als Körper. Auf jeden Fall dachte in diesem Moment die kleine Pina so. Sie war in diesem Moment das glücklichste Kindergartenkind aller Zeiten.

Mehr war nicht geschehen, außer dass dieser Junge den Stuhl und den Boden reinigen musste. Die Ordensfrau musste mitbekommen haben, dass sich Pina nicht durch die Horde der schreienden Kinder durchsetzen konnte und somit wieder an den Platz ging, wo das Malheur stattfand.

Die Sache war damit erledigt.

Pina liebte die Spiele, die die Kinder zusammen mit der Schwester machen durften.

„Zwee Elefanten, die tanzen e so. Amenä Spinnäfadä nochä, sie findet das so tuusig Nätt, dass sie no gärn en Gspanä hättet."
  Zwei Kinder liefen im Kreise herum, wo die anderen auf ihren kleinen Stühlchen sassen. Alle sangen dieses Lied und dort, wo die beiden Kinder stehen blieben, durfte jeweils dieses eine Kind mit den beiden mitlaufen. Das Spiel ging so lange, bis kein Kind mehr auf dem Stuhl saß und alle Kinder in Gedanken als Elefanten, im Kreise herum, Hand in Hand liefen.

Oder der Malermeister.

„Ich bi dä Malermeister, und suechä mier en Gsell. Wenn s einä gid wo d Farbä kännt, dä nimi uf dä Stell."

Ein Kind lief anfänglich im Kreis herum, wo die anderen Kinder mit ihren Stühlchen einen Kreis bildeten. Wenn der Malermeister sich vor ein Kind stellte und mit dem Finger auf ein Kleidungsstück zeigte, musste das jeweilige Kind die Farbe des Kleidungsstückes nennen. Wenn es die richtige Farbe sagte, durfte es mit dem Malermeister mitlaufen. Sie suchten dann weiterhin einen neuen Gesellen, bis wieder alle mitlaufen konnten und die Stühle leer waren.

Pina liebte diese Spiele. So war sie automatisch auch integriert und mit dabei. Erstaunlicherweise wurde Pina meistens bei den ersten Kindern in die Reihe gewählt. Eine minimale Zeit der Dazugehörigkeit. Die Melodien zu den Spielen gefielen ihr so oder so sehr gut. Sie sang mit Innigkeit diese Melodien. Sie hätte sehr gerne noch ein Jahr diesen Kindergarten besuchen wollen. Am liebsten wäre sie immer in diesem

Kindergarten geblieben. Schon nur wegen der liebenswürdigen Ordensfrau. Doch Pina musste in die erste Klasse gehen, so wie alle anderen Kinder auch.

Die erste Klasse.

Pina wurde von der Lehrerin, einer alten Jungfrau namens Fräulein Kropfhalter schon in der ersten Stunde zurechtgewiesen und schikaniert. Schon nur dieser Name flößte Pina Unangenehmes ein.

Alle Kinder durften sich einen Platz aussuchen. Pina aber wurde von der Lehrerin angewiesen. Pina musste sich zu einem Jungen setzen, der die erste Klasse wiederholen musste. Pina war das unangenehm. Dieser Junge kannte schon alles. Den ganzen Ablauf, die Lehrerin, den Lehrstoff, einfach alles, was so zu der ersten Klasse dazugehörte. Pina war so schüchtern, dass es dieser Junge sofort bemerkte. Schade. Pina konnte sich von Anfang an nicht auf sich selber und die Schule konzentrieren. Sie musste immer aufpassen, dass ihr dieser Junge keinen unangenehmen Streich spielte. Es war für Pina anstrengend. Sie konnte sich nicht auf den Lernstoff konzentrieren, nein, sie hatte genug zu tun mit ihrem Banknachbarn.

Es gab noch diese alten Holzbänke. Es hatten zwei Kinder Platz darin. Man konnte den Pultdeckel anheben und die Utensilien darin verstauen. Es gab auch noch die Griffelschachteln. Das waren so kleine Holzkistchen, wo man seine Bleistifte und Farbstifte mit dem Radiergummi verstauen konnte. Ebenfalls wurde noch auf einer Kreidetafel geschrieben. Ja, das war die erste Klasse von Pina. Auch die Lehrerin, Fräulein Kropfhalter, hatte vorne eine große, schwarze Tafel. Diese Tafel konnte man wie ein Buch umblättern. Das musste jeweils ein Kind tun. Die Tafelseiten waren schwer. Es war halt so, dass jedes Kind sein Ämtchen bekam. Papierkorb leeren, Tafelseiten wenden. Fräulein Kropfhalters Pult in Ordnung bringen. usw. Die schwarze Tafel beinhaltete sechs schwarze Seiten. Es gab auch Hilfslinien auf der Tafel, damit die Kinder ihre Buchstaben und Zahlen schreiben lernen konnten. Pina konnte es nicht ausstehen, wenn jemand mit der weißen Kreide auf dieser Tafel schrieb. Es fror sie jedes Mal an den Zahnnerven und sie bekam Gänsehaut auf ihren Armen. Es war widerlich. Einmal mehr konnte sie sich nicht auf den Schulstoff konzentrieren. Sie musste sich ablenken, dass sie dieses Kreidenkratzgeräusch nicht hörte.

Das alte Schulhaus roch immer nach eigenartigem Putzmittel. Es war ein düsteres Steinhaus mit breiten, steinigen Treppen. Die Böden in den Schulzimmern waren aus Holz und alles war sehr alt. Pina hatte einen sehr langen Schulweg. Wahrscheinlich den längsten von all den vielen Kindern, die dort zur Schule gingen. Ihr Zuhause war außerhalb des Dorfes. Meistens lief sie den langen Weg allein. Später, ab der dritten Klasse, durfte sie dann mit dem Fahrrad zur Schule fahren. Sie erinnert sich noch, als sie einmal zu Ostern so richtige Rollschuhe geschenkt bekam. Es waren Schuhe auf 4 kleinen Rädern. Auch ihr großer Bruder bekam welche geschenkt. Mit diesen Rollschuhen fuhr Pina ab und zu zur Schule. So war sie viel schneller und es machte Spaß. Die Rollschuhe musste sie, wie auch die anderen Schuhe, immer vor dem Klassenzimmer ausziehen und die Pantoffeln anziehen. Eines Tages, Pina bekam von Fräulein Kropfhalter Flötenunterricht, waren ihre Rollschuhe weg, als Pina aus dem Klassenzimmer kam. Ihre geliebten Rollschuhe waren einfach verschwunden. Sie ging traurig nach Hause, in den Pantoffeln, und erzählte es der Mutter. Es gab ein heftiges Gespräch mit Fräulein Kropfhalter und der Schulleitung. Die Suche ging los. Alle Kinder wurden befragt. Für Pina war das unangenehm. Sie wollte nicht auffallen und jetzt stand sie im Mittelpunkt. Eines der Mädchen hatte gesehen, wie ein anderes Mädchen mit diesen Rollschuhen nach Hause fuhr. Dann ging es schnell. Dieses Mädchen, das die Rollschuhe gestohlen hatte, tat Pina leid. Obwohl sie froh war, dass sie ihre geliebten Rollschuhe wieder hatte. Pina dachte, dass dieses Mädchen genug gestraft sei, dass man sie ertappt hatte.

Es war ein Mädchen, das auf dem Hof der Eltern viel Arbeit leisten musste und nichts an jeglichem Spielzeug besaß. Pina verstand dieses Mädchen, getraute sich aber nicht, mit ihm zu sprechen. Dieses Mädchen wurde auch von den Mitschülern ausgegrenzt. Sie riefen ihr ,Stinkschwein' nach. Da sie auch im Kuhstall mithelfen musste, bevor sie zur Schule kam, roch man das natürlich.

Pina mochte dieses Mädchen, obwohl sie keinen Kontakt hatten. In der zweiten Klasse dann zog dieses Mädchen mit ihren Eltern weg vom Dorf.

Jeden Montag mussten alle Kinder vor ihrem Pult stehenbleiben und Fräulein Kropfhalter pickte eines der Kinder heraus. Dieses Kind musste dann erzählen, ob es die Sonntagsmesse besucht hätte oder nicht. Falls der Besuch nicht stattgefunden hatte, wollte die Lehrerin genaustens wissen, warum. Es kam jede Woche ein neues Kind an die Reihe.

Pina erinnert sich an das erste Mal, wo diese Ausfragerei der Lehrerin bei ihr stattfand.

Pina ging fast nie zur Sonntagsmesse.

Vorab besprach Pina mit ihrer Mutter diesen Ablauf. Pinas Mutter schlug vor, dass Pina, wenn sie an die Reihe kam, einfach sagen sollte, dass sie nach Deutschland fuhren.

Pina wusste nicht, warum ihre Mutter das vorschlug. Sie nahm an, dass das eine gute Idee war und sie so der Strafe, die die Lehrerin liebend gerne verteilte, entkommen würde.

Als Pina ihren Satz ausgesprochen hatte, war der Kopf der Lehrerin glühend rot. Pina erschrak, nicht wegen der Farbe im Gesicht der Lehrerin. Nein, sie erschrak, weil die ganze Klasse laut lachte und klatschte.

Sofort wurde Pina nach draußen vor die Türe geschickt. Es war bitterkalt in dem alten Schulhauskorridor. Pina musste bis zur Pause dort stehenbleiben.

Seit diesem Vorfall wurde keines der Kinder mehr ausgefragt und niemand musste mehr am Montag vor dem Pult stehen. Auch musste kein Kind mehr irgendeine Ausrede finden.

In der zweiten Klasse bekam Pina regelmäßig mit den anderen Kindern Religionsunterricht von dem alten Herrn Pfarrer. Jede Woche ein Mal. Der alte Herr Pfarrer hatte jede Woche ein neues, circa einen Meter zwanzigmal einen Meter großes, farbiges Bild dabei. Pina interessierte sich sehr für diese alten, biblischen Geschichten. Es war für sie so wahr, so mystisch, und die farbigen, alten Bilder erweckten starkes Interesse bei Pina. Überhaupt, der alte Herr Pfarrer mochte Pina sehr. Der sehr alte Herr Pfarrer machte das sehr gut. Pina liebte auf jeden Fall diese Geschichten aus dem Testament. Der Herr Pfarrer brachte auch jedes Mal ein altes, vergammeltes Bild mit einem Heiligen darauf mit in den Unterricht. Jedes Mal erzählte er dann eine weitere Geschichte aus dem Testament. Heute wären diese alten Kartonbilder nur Poster für an die Wand gewesen. Doch damals waren es dicke, wunderschön bemalte Kartonbilder, die offenbar die biblische Geschichte wiedergaben, zusammen mit den Erzählungen des Herrn Pfarrers. Pina liebte diesen Unterricht. Die Kinder wurden auf ihre erste heilige Kommunion in der zweiten Klasse vorbereitet. Nach der ersten heiligen Kommunion durfte dann Pina zur Beichte gehen. Das gefiel Pina aber damals schon nicht. Sie ärgerte sich über ihre Kolleginnen, die Sachen machten, die sich nicht gehörten, dann zur Beichte gingen und vom Herrn Pfarrer zur Strafe Gebete bekamen, die sie dann so und so viele Male in der Kirchenbank leise für sich selbst aufsagen mussten. Ob je eines der Mädchen dies machte, war für Pina keine Frage. Die Mädchen wollten nach ihrer Lossprechung der Sünden wieder von vorne beginnen. Die Lügerei und alles, was verboten war, ging wieder von vorne los. Sie hatten ein reines Gewissen. Die Beichte wurde abgenommen, die Buße erledigt. Basta. Dieses Theater passte nicht zu Pina. Es war für sie schon damals ein großes, schlechtes Theater. Nichts Echtes. Die Vorbereitung zur Beichte beanspruchte viele Religionsunterrichtsstunden mit dem Herrn Pfarrer. Alle zehn Gebote wurden behandelt. Der Ablauf der ersten Beichte wurde genauestens geplant. Als es dann so weit war, freute sich Pina sogar und ging ohne Herzklopfen, als sie an der Reihe war, in den Beichtstuhl. Es störte Pina, dass der Lichtschein von hinten durch das kleine Fensterchen schien und somit jeweils das Gesicht des Beichtenden dem Herrn Pfarrer zu erkennen gab. Es wurde den Kindern in der Schule vermittelt, dass die Beichte höchst persönlich sei und dass der Herr Pfarrer nicht wisse, wer ihm jeweils etwas anvertraute. Pina ging alle zehn Gebote durch. Sie hatte sich vorab schon überlegen müssen, was sie jetzt dem Herrn Pfarrer beichten sollte. Pina war sich keines Fehlers bewusst. Für sie gab es einfach nie etwas zu beichten. Somit wurde Pina auch jedes Mal losgesprochen und durfte, ohne eine Buße zu machen, nach Hause gehen. Doch Pina wollte wissen, was es mit der Buße auf sich hatte, wenn man eine Sünde begann. Als sie im nächsten Monat wieder zur Beichte musste, das war damals obligatorisch, suchte sie sich das zweite Gebot aus. So. Da wollte sie ganz böse sein. Sie erklärte während der Beichte, dass sie unschöne Wörter benutzt hätte. Tatsächlich hatte diese weiße Lüge im Beichtstuhl funktioniert. Der Herr Pfarrer wollte plötzlich noch mehr wissen. Er wollte fast nicht mit Fragen aufhören. Doch Pina hatte nichts, wofür sie noch lügen sollte. Also gab der Herr Pfarrer nach einiger Zeit auf und sprach die Buße, die Pina für ihre unschönen Worte absolvieren musste, aus. Drei Vaterunser nacheinander und zwei ‚Gegrüßt seist du Maria Mutter Gottes‘. Pina nahm die Strafe zur Kenntnis, verließ den Beichtstuhl und durfte sich das erste Mal ebenfalls zu den reuigen Sünderinnen in die Kirchenbank setzen. Sie wollte mit dem stillen Vaterunser beginnen. Dann wusste sie plötzlich, was es bei den anderen Mädchen auf sich hatte mit Buße tun. Sie reichten ihre Gebetsbuchbildchen umher.

Es ging ein Tauschhandel los. Das in der katholischen, stillen Kirche, die eigentlich zu diesem Zeitpunkt für die Buße da gewesen wäre. Pina hatte viele schöne Gebetsbuchbildchen. Keines wollte sie hergeben. Jedes Bild hatte für Pina eine Bedeutung. Pina sammelte diese Bildchen. Im Gegensatz zu den anderen Mädchen nahm sie diese wertvollen Geschenke sehr ernst. Denn Pina bekam von überall her solche hübschen, kleinen Fotografien. Tatsächlich, eines bekam Pina zur Ersten Heiligen Beichte. In der St. Leonhards-Kirche Ingenbohl. Mit dem Datum vom 21. Dezember von damals datiert. Der Name von Pina stand da drauf und unten am Schluss „Deine Sünden sind Dir vergeben". Es war ein schwarz-weißes Bild. Jesus am Kreuz, rechts und links ein Heiliger. Zur ersten Kommunion bekam Pina je ein Bildchen von Mama und eines von Papa. Erste heilige Kommunion 13. April. Zur Firmung am 19. Mai überreichte der Herr Bischof Johannes höchstpersönlich jedem Kind ein Bildchen. Die Worte hinten auf dem Bild: „Befestige, o Gott, was Du in mir gewirkt hast!" (Firmritus). Ein Andenken an die Spendung der hl. Firmung. Pina hatte sehr viele von diesen Andenken. Ein Hit waren plötzlich die farbigen Hauchbildchen. Rote, grüne, blaue in allen Farben gab es. Man konnte sie auf die Hand legen und man hauchte sie an. Sie zeigten sich beweglich

Pina wollte aber ihre drei Vaterunser und ihre zwei „Gegrüßt seist du..." dem Herrn sprechen. Schließlich hatte sie im Beichtstuhl die Wahrheit in den Hintergrund gesetzt. Zufrieden machte sich Pina auf den Heimweg.

Jede Woche einmal am Freitag nach der Schule von 16.00h bis 17.00h mussten die Kinder in den Gesangsunterricht zum damaligen Musiklehrer. Es wurden dort Kirchenlieder unterrichtet. Pina mochte diese Lieder. Sie mochte sie so liebend gern. Einmal im Monat war Herz-Jesu-Freitag. Da ging die ganze Schule zur Messe. Früh am Morgen. Die Kirche war gefüllt von all den Schulkindern. Als die heilige Messe für die Kinder beendet war, mussten sie in Zweierreihen zur Schule laufen. Ansonsten war in der kleinen Gemeinde für die Schüler jeden Montagmorgen vor Schulbeginn heilige Messe. Ja, Pina wuchs wirklich sehr katholisch auf. Nicht vom Elternhaus her, nein, von der Schule her. Wahrscheinlich war das so, weil in dem Dorf, wo Pina aufwuchs, auch die Ordensschwestern ihren Sitz hatten. Sie weiß es nicht so recht. Also kurz und gut, Pina bekam den katholischen Stempel von diesen Schwestern hautnah mit. Ja, Pina spürte zum ersten Mal, durch eine Ordensschwester, dass sie nicht dazu gehören sollte.

Der Herr Pfarrer starb und Pina kam in die dritte Klasse. Irritiert, verletzt, unwissend, fragend und hilflos. Ja, so fühlte sich Pina damals in der Schule.

Drei Mädchen mit italienischen Namen. Eines davon war Pina.

Bis zu diesem Zeitpunkt war für Pina die Welt eigentlich in Ordnung. Doch in der dritten Klasse bekam Pina mit all den anderen Mädchen Handarbeitsunterricht. Ihre Lehrerin war, wie es damals völlig in Ordnung war, eine Ordensschwester. Pina freute sich auf diesen Unterricht, denn sie konnte mit ihren Händen wirklich schöne Sachen fertigen. Aber die Freude hielt nicht lange. Pina, die handwerklich wirklich top war, gelang weniger und weniger. Ende des Jahres kamen zwei oder drei Mädchen mit den gemachten (oder eben nicht vollendeten Handarbeiten) ins Schaufenster der Schule. Pina war immer dabei. Das Schaufenster beinhaltete eine große Schnecke. Also das hieß damals, die Kinder, die ihre Arbeiten nicht zu dem vorgegebenen Zeitpunkt fertig gestellt hatten, kamen mit ihren unfertigen Arbeiten in dieses Schaufenster. Alle Eltern konnten am Besuchstag sehen, wer es in den Ausstellungskasten geschafft hatte. Wie hat sich Pina jedes Mal geschämt. Sie konnte nicht verstehen, warum sie jedes Mal dorthin kam. Sie liebte die Handarbeit mehr als alles andere. Sie konnte auch nicht verstehen, warum man die Kinder mit solch einem Ausstellungskasten demütigen musste. Pina resignierte mehr und mehr. Ihr Selbstwertgefühl sank. Die Ordensfrau hatte Pina im Visier. Die Ordensfrau unternahm alles, damit Pina mehr und mehr an Freude und Zuversicht verlor. Einmal bekam Pina sogar eine heftige Ohrfeige von der Ordensfrau. Zwei Mädchen hatten andauernd den Unterricht gestört. Eine davon wurde von der Ordensfrau verwiesen. Sie musste das Klassenzimmer verlassen und im Gang draußen abwarten. Pina musste aufs Klo. Fragte höflich, wie es damals Sitte war, nach, ob sie auf die Toilette gehen darf. Das heißt, Pina musste, wie schon damals im Kindergarten, die Hand vor das Gesicht der Ordensfrau halten, bis die Ordensfrau nickte. Dann durfte Pina das Klassenzimmer verlassen und die Toilette aufsuchen. Kaum war Pina draußen, war auch schon die Ordensfrau hinter ihr und klatschte Pina mit voller Wucht und aus dem Nichts eine Ohrfeige an die Wange. Pina flog regelrecht den kalten Fußboden entlang und landete kurz vor der steilen Treppe. Erschrocken lief Pina weg. Nicht wegen des körperlichen Schmerzes, nein, der seelische Schmerz war in diesem Moment eindeutig. Sie weinte und rannte ihren langen Schulweg nach Hause. In solchen Angelegenheiten konnte sich Pina auf ihre Mutter verlassen.

Damals wurden die Schulkinder in zwei Kategorien eingeteilt. Es gab die Klassen für die Jungs und es gab die Klassen für die Mädchen. Das war klar vorgegeben. Es gab keine gemischten Klassen. Eine Mädchenklasse, eine Jungenklasse, alles andere, das kam auf gar keinen Fall in Frage.

Einmal im Monat durfte die ganze Mädchenklasse zu den jungen Fräuleins gehen, die im Theresianum ihre Handarbeitslehrerinnen-Ausbildung absolvierten. Das war damals das Highlight für die Mädchen. Man konnte kleine Deckchen nähen. Einfache Kleinigkeiten anfertigen, die die Fräuleins mit der Klasse üben mussten. Für die Kinder damals eine Abwechslung und große Freude. Es ging die große Himmelsleiter (eine große Treppe, die zu den Gemächern der Ordensfrauen und Lehrerinnen führte) hoch.

Pina war kein einziges Mal dabei. Alle Mädchen freuten sich und gingen großartige Stoffsachen unter der Leitung der angehenden Handarbeitslehrerinnen machen. Die gesamte Mädchenklasse durfte dorthin gehen. Außer Pina. Pina musste bei der Ordensfrau im Klassenzimmer bleiben. Allein. Die Ordensfrau und Pina. Still weinte Pina in sich hinein. Fragend warum. Pina wusste nicht, was ihr geschah. Sie wusste nur, sie durfte nicht mit der Klasse mit. Nicht ein einziges Mal war sie mit all den anderen Mädchen dabei. Alleine im Handarbeitszimmer saß Pina ganz vorne auf ihrem Platz direkt vor dem Pult der Ordensschwester. Erst viel später erkannte Pina, dass diese Ordensschwester eine Tyrannin war.

Pina spürte zum ersten Mal in ihrem Leben, dass etwas mit ihr nicht stimmen musste. Sie fing an zu zweifeln. Warum konnte sie nicht mehr handarbeiten? Warum ging alles schief? Warum durfte sie nicht mit den anderen Mädchen mit? Pina fing an, in sich die Antworten zu suchen. Sie fand sie schnell.

Die anderen Mädchen hatten blonde Haare und roten Backen. Frech waren sie und tollpatschig. So waren sie in den Augen von Pina. Pina aber hatte dunkle Augen, schwarze Haare und war liebenswürdig, charmant, flexibel und zurückhaltend.

Pinas Vor- und Nachname klang und war italienisch. Pina musste anscheinend anders als die anderen sein. Es musste also am Namen liegen. Ansonsten hätte sie doch auch mitgehen dürfen. Also, das erste Mal spürte Pina, die wollen mich nicht. Ich gehöre nicht dazu. Ich muss anders sein. Sie spürte, dass sie ausgegrenzt wurde, und das von einer Ordensfrau. Von diesem Moment an wusste Pina, sie war nicht so wie die anderen. Pina zog sich in sich zurück.

Plötzlich realisierte Pina, dass ihr Vor- und Nachname nicht zur Schweiz gehörten. Es gab viele Gegebenheiten, wo Pina zu spüren bekam, dass sie nicht hierhin gehörte. Dieses Gefühl, diese Tatsache kam nicht von Pina. Nein, von den Menschen um sie herum, von den dummen Menschen um sie herum.

Einmal, erinnert sich Pina, ging sie mit den beiden älteren Mädchen vom Quartier am Sonntag in die kleine Dorfkapelle zur Messe. Jeden Sonntag war damals diese Kapelle gefüllt mit Menschen. Sogar blieb die Türe meistens offen und es reihten sich richtig viele Leute aneinander Pina ging mit den beiden älteren Mädchen die kleine Holztreppe hoch. Sie saßen ganz vorne und sahen auf die Leute, die unten waren. Eines der älteren Mädchen entdeckte einen Mann mit einer Glatze. Das war nicht so interessant. Interessant war für die drei Mädchen das Schauspiel, das sie von oben her betrachten konnten. Dieser Glatzkopf wurde während der Messe von einer Fliege gestört. Die Kinder beobachteten das und es gab natürlich ein Gekicher. Die Mädchen hatten es sehr lustig. Niemand sagte etwas. Doch plötzlich, als der Herr Kaplan seine Hände rechts und links in die Höhe streckte, sagte er, als ob es zum Gebet gehörte: „Die Kinder sollten herunterkommen".
Die drei Mädchen begriffen zuerst nicht, dass die Worte, die der Herr Kaplan sprach, an sie gerichtet waren. Ein Mann neben Pina sagte leise, dass sie nach unten müssten. Das während der Messe. Die drei gingen die knorrige Holztreppe runter. Außer dieses Knarrens der alten Holztreppe von den Schritten der drei Mädchen war es mäuschenstill in dem Gotteshaus. Die drei Mädchen blieben dann, unten angekommen, stehen. Doch eine gehässige alte Frau, die schwarz gekleidet war, sagte ihnen: „So und jetzt geht ihr zuvorderst hin." Die Mädchen mussten durch die ganzen Leute, die zur Messe gekommen waren, nach vorne gehen. Sie mussten sich hinknien und der Kaplan predigte weiter. Wie hat sich Pina geschämt. Sie hat sich so sehr geschämt. Alle diese Leute wussten, wer sie war. Die, die nicht dazu gehörte. Eine, die einen anderen Namen trug.

Es gab damals viele Situationen, die Pina sehr traurig machten. Dieses Mal aber war das lediglich ihr Empfinden, das ihr zu schaffen machte. Jedes andere Kind hätte auch nach unten gehen müssen. Die beiden anderen Mädchen waren auch dabei. Aber Pina bezog diese Strafe auf sich.

Ihre vermeintliche Freundin war jünger als Pina. Oft spielten diese beiden Mädchen zusammen. Es zog ein weiteres Mädchen ins Quartier. Von da an war die vermeintliche Freundin nicht mehr Pinas Freundin. Pina erinnert sich, wie sie die beiden anderen Mädchen wieder einmal draußen spielen sah. Auch Pina ging nach draußen und wollte wie immer mitspielen. Das ging von diesem Nachmittag an nicht mehr. Die beiden Mädchen gingen unter einem Vorwand ins Haus und kamen nicht mehr nach draußen, wo Pina auf sie wartete. Pina wartete und wartete. Niemand kam mehr zum Spielen. In welchem Alter sie damals waren, weiß Pina nicht mehr. Die beiden Mädchen schauten hinter den Vorhängen aus dem Fensterspalt und streckten Pina die Zungen heraus und beschimpften sie. Pina verstand die Welt nicht mehr. Sie hatte doch nichts getan, was unrecht sein sollte. Als dann noch die Mutter des einen Mädchens auf den Balkon kam und Pina beschimpfte: „Lass mal diese zwei in Ruhe spielen. Geh hier weg. Du störst und bist lästig", war es für Pina zu viel. Sie verstand nichts mehr und doch wusste sie, um was es ging. Pina war sehr traurig. Sie spürte eine große Wunde in ihrem Herzen. Sie kehrte immer mehr in sich. Sie konnte dieses Verhalten nicht verstehen. Sie hatte nichts verbrochen, sie wollte lediglich mit den Mädchen eine schöne Zeit verbringen und spielen. Pina war nicht einsam, sie war allein und dazu kam noch die Traurigkeit. Auch die beiden älteren Mädchen vom Quartier lieferten eine ähnliche Botschaft. Es war an einem Sommertag während der langen Schulferien. Alle drei, Heidi, Rosi und Pina, saßen draußen auf einer kleinen Steinmauer und erzählten sich so dies und das. Pinas Mutter schaute aus dem Fenster, erholte sich einen kurzen Moment von der Hausarbeit. Plötzlich, aus dem Nichts, so schien es Pina, sprangen die beiden älteren Mädchen auf, und weg waren sie. Pina stand fassungslos da und schämte sich, weil sie bemerkte, dass ihre Mutter dieses Schauspiel beobachtete. Pina suchte die beiden Mädchen. Sie getraute sich sogar, in den fremden Häuserblock zu gehen, wo das eine von den beiden Mädchen wohnte. Dort unter der Treppe, wusste sie, gab es ein Versteck. Pina fühlte sich nicht wohl dabei. Doch sie wollte wissen, ob die beiden Mädchen einfach ein neues Spiel erfanden. Im Treppenhaus war es ruhig und im Versteck fand Pina nur alte Decken und Schachteln. Keines der Kinder kam an diesem Tag wieder nach draußen. Zumindest trafen sie nicht auf Pina. Wieder einmal war Pina allein mit sich und ihrer traurigen Erkenntnis. Sie ging ins Haus und erzählte der Mutter, was geschehen war, obwohl sie wusste, dass die Mutter das Ganze beobachtet hatte. Die Mutter reagierte nicht. Keine tröstenden Worte, keine Unterstützung, nichts. Das war ein weiteres Mal sehr traurig für Pina. Pina fragte sich leise, warum Mutter denn nichts sagte. Pina war enttäuscht und sehr traurig. Wahrscheinlich war ihre Mutter mit dieser Situation überfordert und wollte nichts Falsches sagen oder machen.

Als Pina zur ersten heiligen Kommunion vorbereitet wurde, war sie genauso aufgeregt wie alle anderen Kinder. Damals war es noch so, dass die Mädchen in weiße Kleider gesteckt wurden. Ein Kranz im Haar, ein Gebetbuch, der weiße Rosenkranz und ein Täschchen in Weiß durften nicht fehlen. Die Mädchen sahen aus wie kleine Bräute. Pina durfte sich ebenfalls ein solches weißes Kleid aussuchen. Das heißt, die Mutter hatte ihr eines ausgesucht. Pina fühlte sich in dieser Robe gar nicht wohl. Sie erinnert sich noch, dass ein Mädchen einer Parallelklasse als einzige schwarze Schuhe trug. Es war Maria, eine Süditalienerin. Pina hatte großes Mitleid mit dieser Maria. Diese schwarzen Schuhe mussten doch für Maria ein Alptraum gewesen sein. Pina wusste nicht, dass die schwarzen Schuhe in Italien normal waren. In der Schweiz liefen am Ersten Heiligen Kommunionstag alle Mädchen mit weißen Schuhen herum.

Als es zur Kirche ging, stellten sich alle in Zweierreihen auf. Zuerst die Knaben, dann die Mädchen. Jedes Kind durfte sich eine/n Kommunionfreund/in aussuchen. Von Anfang an war bei den meisten klar, wer sich zusammentat. Pina wurde von einem Mädchen gefragt, ob sie sich mit ihr in die Reihe stellen wollte. Und ob sie wollte. Lia war ein sehr hübsches, blondes Mädchen. Alle waren sie gerne mit ihr zusammen. Sie war nett und Pina spielte oft bei ihr zu Hause. Lia wohnte sehr weit weg vom Dorf und von der Schule. Vielleicht war das der Grund, warum Pina oft von ihr zum Spielen eingeladen wurde. Pina lief mehr als eine Stunde zu ihr hin, dann wieder eine Stunde nach Hause. Einmal waren sie draußen und die Tante von Lia kam vorbei. Eine Bauernfrau. Lia stellte der Tante ihre Kommunionspartnerin vor. Die Tante äußerte sich nur: „Was, so eine?" Lia wehrte sich sofort und sagte, dass Pina in Ordnung wäre. Die Tante korrigierte sich noch kurz und hängte an, dass Pina eben fast zu klein wäre, wenn sie mit Lia in der Reihe stehen sollte.

Pina aber spürte die Ablehnung von der Bäuerin durch alles durch. Die Traurigkeit in Pina wuchs an und wurde noch stärker.

Da überlegte Pina auch, warum Lia sie als Kommunionspartnerin wollte. Wollte sie wirklich? Wahrscheinlich waren ihre zwei besten Freundinnen schon zusammen und Lia brauchte einfach jemanden. Ja, so musste es gewesen sein. Pina fing an zu zweifeln. Das blonde Mädchen und die schwarze Pina in der Reihe.

Erste heilige Kommunion

Am Morgen liefen die Kinder in Reih und Glied zur Kirche. Alles wurde genauestens einprogrammiert. In der vordersten Reihe liefen die Fahnenträger, die Ministranten, und der Herr Pfarrer wurde rechts und links von Weihrauch schwingenden, farbig gekleideten Ministranten begleitet. Das weiße Täschchen um das Handgelenk, in den Händen – die mussten gefaltet sein – das Gebetsbuch und ein braunes Holzkreuz, das die Kirchengemeinde jedem Kind zu diesem Anlass schenkte. Wie Pina und die anderen Kinder das geschafft haben, weiß sie nicht mehr. Mit all dem mussten sie auch noch den Weg im richtigen Schritt gehen. Dann in der Kirche das erste Mal die heilige Kommunion. Pina mochte diese Hostie nicht. Sie klebte ihr jedes Mal oben am Gaumen fest. Pina war dann die Hälfte der Kirchenzeit damit beschäftigt, diese Hostie mit ihrer Zungenspitze wegzumachen. Dann folgte das Mittagessen mit der Patentante und dem Patenonkel. Am Nachmittag wieder Kirche. Alle Mädchen zeigten ihre Geschenke. Silberbesteck und, was natürlich für alle Mädchen am wichtigsten war, das goldene Kreuz mit der goldenen Kette um den Hals. Pina hatte keine Patentante, die starb, als Pina zwei Jahre alt war, es war ihre Großmutter. Der Patenonkel war ihr Großvater väterlichen Seite und der war schon immer desinteressiert an Pina, er hatte ja Pinas Bruder als Enkelsohn. Pina erinnerte sich, als sie als Kinder bei den Großeltern zu Besuch waren. Der Großvater hatte eine neue Vespa gekauft. Nach dem Mittagessen durfte der Bruder mit dem Großvater auf der Vespa einen Ausflug machen. Für Pina war klar, dass diese beiden eine Runde drehen würden. Sie wartete zu Hause aufgeregt auf die Rückkehr der beiden. Sie wartete fast den ganzen Nachmittag lang. Endlich kamen sie zurück. Pina war voller Freude und Erwartung auf ihre Fahrt. Dem war nicht so. Der Großvater ging zum Hauseingang und verschwand im Haus. Pina blieb zurück. Enttäuscht. Für ihren Bruder war es nicht schön. Er wollte Pina trösten. Erklärte ihr, dass sie sicher ein anderes Mal mit dem Großvater und der Vespa einen Ausflug machen könne. Der Ausflug fand nie statt.

Also kein goldenes Kreuz für Pina, keine goldene Kette, kein Silberbesteck. Doch die Patentante von Pinas Bruder übernahm an diesem Tag widerwillig den Part der Patentante für Pina. Sie war auch die Schwester von Pinas Vater. Also Pinas Tante.

Die Patentante schenkte Pina eine Uhr. Die Knaben bekamen meistens zur ersten heiligen Kommunion eine Uhr geschenkt. Pina hätte sich sehr darüber gefreut, doch die Worte der Tante schmerzten ihre kindliche Seele zutiefst. Da die eingesprungene Patentante die Tochter vom Großvater war, der ja eigentlich Pinas Patenonkel gewesen wäre, sagte sie zu Pina: „Ich bin ja nicht deine richtige Patentante und musste noch für den Patenonkel eine Uhr kaufen. Das wäre nicht meine Sache gewesen, bezahlen musste ich sie auch noch selbst." Pina bekam anstelle einer Freude ein sehr schlechtes Gewissen auferlegt an diesem Tag. Sie schämte sich, dass die Tante das für Pina machen musste. Ein Mädchen fragte Pina: „Zeig mir dein Geschenk von deinen Paten". Pina hatte nichts zu zeigen.

Es zog sich durch ihre ganze Schulzeit hindurch. Pina hatte große Mühe und niemand bemerkte es. Denn Pina war eine perfekte Schauspielerin. Alle mochten Pina. Pina war pflegeleicht, wenn man irgendjemanden brauchte, Pina war da. Auf Pina konnte man sich verlassen.

Ihre Leidenschaft gehörte den Pferden. Der Vater von einem jüngeren Mädchen hatte einen kleinen Pferdestall mit Pferden. Natürlich musste man da eine Hilfe haben. Pina ging jeden Morgen vor der Schule zu den Pferden. Sie durfte sogar

Reitstunden nehmen in der Stadt, die Pinas Mutter bezahlte. Tatsächlich schaffte es Pinas Mutter, ihr immer wieder diese Reitstunden zu schenken.

Es gab ein Zehner-Abonnement. Jeden Mittwochnachmittag durfte Pina mit dem Zug in die Stadt fahren, um die Reitstunde zu besuchen. Es waren meistens sechzehn Pferde in der Reithalle. Der Reitlehrer hatte selbst Kinder, die im Alter von Pina waren. Es war eine schöne Zeit. Pina liebte den Umgang mit den edlen Tieren.

Irgendwann hatte Pina den Gedanken, ihr eigenes Pferd zu besitzen. Aber wie?

Pina fing früh an, ihr eigenes Geld zu verdienen.

Überall, wo sie nur konnte, holte sie sich einen Job. Sie war erst dreizehn Jahre alt. Sie wollte irgendwann ihr eigenes Pferd besitzen.

Den ersten Job bekam Pina in einem Motel. Es gab dort kleine Zimmerchen. Sie durfte das Frühstück servieren und musste anschließend die Zimmer reinigen.

Pina war so in ihrer eigenen Welt gefangen, dass sie einfach nicht in dieser Realität lebte. Eigenartig. Irgendwie lebte Pina ein anderes Leben als alle Menschen, die sie kannte.

Sie bekam in dem Motel ihr Taschengeld, doch der Hausherrin war Pina nicht schnell genug. Sechs Wochen lang, so lange dauerten damals die Sommerferien, durfte Pina in diesem Motel arbeiten und sich das Taschengeld verdienen.

Danach war es nicht mehr möglich. Die Hotelbesitzerin entschied sich für jemand anders. Oder Pina wollte nicht mehr dorthin gehen.

Wie auch immer. Pina ging weiter.

Sie bekam einen Job in einem Restaurant. Der Wirt war eigentlich Coiffeur und hatte sein eigenes Coiffeur-Geschäft. Ebenfalls fuhr er jeden Morgen mit seinem kleinen Auto los und versorgte diverse Baustellen (die Arbeiter) mit Sandwiches und Bier. Die Arbeiter brauchten diese Stärkung zur jeweiligen Pause. Nebenbei sang er mit seiner Gitarre Lieder.

Pina erinnert sich, wie sie das erste Mal auf der Terrasse einem Gast das Set für das Mittagessen herrichten musste. Pina war nicht gewohnt jemandem zu dienen. Es war eigenartig. Doch diese Arbeit in diesem Restaurant gefiel ihr sehr gut. Die Serviertochter kam vom Berg und hatte Pina in ihr Herz geschlossen. Damals gab es noch diese alten Musikboxen in den Restaurants. Es waren viele kleine Schallplatten, Singles darin in diversen Musikrichtungen. Man konnte einen Franken in den Spalt schieben und drei Singles auswählen. Man drückte auf den Knopf mit der Zahl der gewünschten Single. Die Serviertochter gab Pina immer dieses Einfrankenstück in die Hand. Pina wusste genau, was sie wählen musste. Carpenters – Jambalaya. (On The Bayou). Pina freute sich in den Sommerferien jeden Morgen auf diese Arbeit in diesem Restaurant. Schon wegen der netten Serviertochter, die wie Pina auch Jambalaya mochte. Jambalaya von den Carpenters war der Start in den Tag.

Pina wollte Geld für ihr eigenes Pferd verdienen.

Die Pferde von dem Vater des einen Mädchens wurden am Sonntag jeweils mit dem Pferdegeschirr gekleidet und vor die Kutsche gespannt. Auch gab es immer mal wieder den Pferde-Concours. Pina erinnert sich, wie sie von einer Schulkollegin eine Schweizertracht ausleihen durfte oder musste. Sie besaß keine eigene Schweizertracht. Warum auch. Sie war Schweizerin, das war auch so in ihrem Pass eingetragen, und hatte dazu noch italienisches Blut in ihren Adern fließen. Pina sollte an einem Sonntagmorgen mit anderen Kindern in der Kutsche sitzen und mitfahren. Es gab eine Show mit Pferdekutschen und Schweizer Trachten. Pina hatte also zum ersten Mal eine echte Schweizer Tracht an. Pina hatte sogar Freude. Aber die Freude wich bald und machte der Unsicherheit Platz. Pina hatte dunkelbraune, fast schwarze Haare. Das Einzige, was sie machen konnte, war, ihre langen Haare zu zwei

Pferdeschwänzen zu binden. Das machte sie auch. So wie es die „echten" Schweizerinnen hatten. Rechts und links trug sie ihre gebundenen Haare an den Ohren vorbei auf ihren Schultern. Sie wollte an diesem Tag wie eine Schweizerin aussehen. Alle Kinder saßen in der Kutsche. Die Mädchen in ihren Trachten, die kleinen Buben ebenfalls in schönen Schweizer Bauernhemden oder eben Schweizer Knabentrachten.

Plötzlich fühlte Pina sich nicht mehr wohl. Diese Rolle gefiel ihr gar nicht mehr. Sie steckte in einem Gewand, das nicht ihr und vor allem nicht zu ihr gehörte. Es war für Pina eine Tortur, in dieser Kutsche zu sitzen und sich von den Leuten begaffen zu lassen. Die merkten sofort, dass Pina nicht in dieses Gefährt gehörte. Es war schon zu spät. Pina ließ also diese Kutschenfahrt über sich ergehen. Wie auch immer. Sie hätte sich lieber hinter den Strohballen verkrochen, als mit den Kindern in der Kutsche mitzufahren. Im Laufe der Zeit häuften sich halt verschiedene Begegnungen, die sich für Pina nicht rein schweizerisch anfühlten. Sie bekam immer wieder zu spüren, dass sie nicht hierhin gehörte.

Das hieß: Pina fühlte sich wohl, dort wo sie war. Es waren einfach die Menschen um sie herum, die ihr immer wieder zu verstehen gaben, dass sie hier falsch sei.

Im Winter jeweils liebte es Pina, in die Stadt zu fahren, um auf dem Eisfeld Schlittschuh zu laufen. Das war für Pina eine riesige Sache. Die Musik, die durch den Lautsprecher über das Eisfeld flog, die Eismaschine, die in der Pause das Eisfeld wieder zum Glänzen brachte. Ihre Schlittschuhe, die sie im dorfeigenen Schulhaus kaufen durfte. Pina hatte einfach Freude.

Einmal in der Woche fuhr Pina mit dem Zug in ein anderes Dorf. Dort erhielt sie regelmäßig Gitarrenunterricht. Sie übte täglich und schon bald nahm sie die Gitarre mit zu den Pfadfinderinnen.

Pfadfinderin

Im Sommer durfte sie jedes Mal ins Lager mitfahren. Das Lager war der Höhepunkt für die Pfadis. Dort wurde man nämlich getauft. Die Pfadfinderinnentaufen waren immer etwas Spezielles, und die Kinder wussten nie, wie und wann diese Taufe stattfinden würde. Jedes Kind bekam bei dieser Taufe einen eigenen Pfadfinderinnennamen, der zum jeweiligen Kind passte. Auch Pina kam im ersten Pfadfinderinnenlager in den Genuss der Taufe. Die Leiterinnen suchten sich bei einem Treffen jeweils den geeigneten Namen für ein Kind aus. Pina vergaß ihre Taufe nie mehr. In der Nacht wurden die noch nicht Getauften von den Leiterinnen geweckt. Es wurde den Mädchen mit einem Tuch die Augen verbunden. Dann folgte der Parcours. Quirl, eine Leiterin, nahm Pina an der Hand. Sie musste einfach losspringen mit verbundenen Augen. Es gab viele Hindernisse. Einmal musste sie sogar durch Brennnesseln springen, dann über eine Leiter klettern. Auch irgendetwas zum Essen gab es. Was es war, war undefinierbar. Pina hatte ein wenig Bammel. Dann musste Pina die Schuhe und Socken ausziehen und Quirl führte sie über die Steine in den See. Bis zu den Knien hin stand Pina mit der Leiterin im Wasser. Pina vergisst die Worte und den Namen, der die Leiterin ihr gab, nie mehr. „Ich taufe Dich auf den Pfadfinderinnennamen Black". Das saß. Pina erschrak. Die Leiterin nahm Pina die Augenbinde ab. „Was ist, gefällt dir dein neuer Name nicht?" So die Leiterin. Sie habe doch extra einen schönen Namen, der zu ihr passe, ausgewählt. Eben weil Pina so schöne schwarze Haare hätte. Pina gefiel ihr neuer Pfadiname keine einzige Sekunde. Sie weiß noch, wie sie dachte, wenn sie wenigstens Blacky heißen würde. Sie dachte, mit dem Y würde der Name etwas weißer werden. Ihr kindliches

Denken meinte das auf jeden Fall so. Also hieß Pina in der Pfadi Black. Sie konnte es nicht mehr ändern. Pina trug diesen Namen, den sie von den Leiterinnen bekommen hatte, ob sie wollte oder nicht. Mit der Zeit war er für Pina nicht mehr allzu schlimm. Doch Freude hatte sie nie wirklich. Pina verband diesen Namen mit etwas Negativem. Mit einer dunklen Macht, mit etwas Ungutem. Etwas Düsterem, Schwarzem. Das hörte sich an, als ob sie eine Aussätzige wäre. Doch das war die Wahrnehmung von Pina. Die anderen gaben ihrem Namen keinen Wert. Sie hieß lediglich in der Pfadi Black. Als sie dann selbst Leiterin einer Gruppe war, kamen die kleinen Mädchen sehr gerne zu ihr in die Gruppe. Black gab sich alle Mühe, einen interessanten Nachmittag für die Kinder zu organisieren. Beim alten Velohändler hing ein Glaskasten an der Außenwand. Dieser Glaskasten erinnerte Pina an die Handarbeit. Er war einfach um einiges kleiner. Pina als Leiterin bekam den Schlüssel für diesen Kasten. Jeden Donnerstag hängte Pina eine schöne, selbst gestaltete Nachricht in diesen Kasten. Die Kinder wussten dann, wann und wo der Treff war und was sie mitbringen durften. Die Pfadfinderlieder, die Black mit ihrer Gitarre begleitete, und der Fresshock,(ein Treffen, wo jedes Kind irgend etwas zum Essen mitbringt, es wird alles in die Mitte auf eine Fläche gelegt und es wird gemeinsam alles kreuz und quer aufgegessen), gehörten einfach dazu. Doch war es Pina auch wichtig, dass die Kinder lernten, wie man ein Feuer machte. Dazu gingen sie in den Wald und sammelten selbst Holz. Auch die Namen der Sterne lernten die Kinder durch Black kennen. Merkur, Erde, Venus, Mars. Die Milchstraße. Sie gingen sogar einmal mit Erlaubnis der Eltern in die Nacht hinaus, um diese Sterne zu beobachten. Der Vater von Pina fertigte ihr aus Karton einen Morseschlüssel für jedes Kind an. Ja, sie lernten das Morsealphabet...- – ... Dieses Zeichen war für Black sehr wichtig damals. Sie erklärte ihren Gruppenkindern, wie wichtig es sei, dieses Zeichen zu wissen. Mit dem

Feuer, das sie gelernt haben zu entfachen, lernten sie auch die Morsezeichen einzusetzen. Pina erinnert sich noch genau, wie die Kleinen erstaunt waren über diese Rauchzeichen. Auch mit der Trillerpfeife konnten sich die Kinder im Wald verständigen. Sie waren richtig gut. Doch die Taschenlampe einzusetzen, um Sätze zu leuchten mit diesen Morsezeichen, war für die Kinder das Größte. Es machte Spaß, in der Dunkelheit der Nacht zu morsen. Verschiedene Knoten waren auch mal an der Reihe. Ja, die Mädchen lernten auch die verschiedenen Knoten zu machen. Tierspuren lesen war ein bisschen schwieriger. Sie fanden nicht allzu viele davon. Die der Pferde, von Kühen. Das war's dann halt schon. Das waren die einzigen Spuren, die sie in natura sahen. Die anderen konnten sie dem Pfadfinderbuch entnehmen. Das Kartenlesen mit einem Kompass machte damals richtigen Spaß. Es gab Routen zum Üben, denn im Lager gab es dann so richtige Wanderungen mit allem Drum und Dran. Als Pina dann mit der Pfadi aufhörte, bedankte sich eine Mutter ein paar Jahre später bei ihr. Sie sagte Pina, dass es ihrer Tochter nie wieder so gut gefallen hätte wie bei ihr. Dass sie auch nicht mehr solch großartige Sachen erlebt und gelernt hatte. Pina war ganz gerührt. Das hätte sie nicht erwartet, obwohl sie wusste, dass sie eine großartige Leiterin war. Mit dem Austritt aus der Pfadi legte Pina auch ihren ungeliebten Pfadfinderinnennamen Black ab.

Mädcheninstitut

Mit 17 Jahren wollte Pina weg von zu Hause.

Sie wählte für sich ein Jahr Internat in einem Mädcheninstitut. Weg von der Familie, weg von dem Dorf, weg von der gewohnten Umgebung. Einfach weit weg von all diesen Demütigungen. Weg von ihr selber, obwohl sie sich überall hin mitnahm. Das Internat war für ihre Eltern kostspielig. Doch Pina wollte einfach weg. Sie brauchte diesen geschützten Rahmen. Tatsächlich wählte sie ein Mädcheninstitut, das von Ordensfrauen geführt wurde. Denselben Ordensfrauen, die auch Pina während der Schulzeit unterrichteten. Es war für sie vertraut, sie kannte diese Ordensfrauen und ging trotzdem dorthin. Es waren ja nicht alle so tyrannisch wie die Handarbeitslehrerin der Schule. Es gab auch solche, die so waren wie die liebe Schwester vom Kindergarten. Pina wurde für ein Jahr Französischkurs angemeldet. Im großen Studiensaal wurden alle Mädchen mit oder ohne Eltern begrüßt. Natürlich alles in der französischen Sprache. Es gab Kaffee und Kuchen. Danach gab es eine Führung durch das Institut und zum Abschluss eine heilige Messe in der hauseigenen Kapelle. Die Eltern fuhren ohne ihre Töchter wieder nach Hause. Die Einteilung begann.

Schlafsaal

Es gab dort drin drei Schlafsäle. Alles war aus Holz gebaut. Es waren so kleine Boxen, wo die Mädchen schlafen sollten. Als Türe diente ein Vorhang, der die Box vom Gang trennte. Es gab in der Box ein Bett, einen kleinen Schrank, einen Stuhl, ein Waschbecken mit Spiegel. Das war's. Alles war offen. Nach oben und auch nach unten. Also man hörte alles und jeder konnte theoretisch in jede Boxe gehen. Es gab auch noch die Gemeinschaftsduschen und ein einziges abgeschlossenes Zimmer in dem großen Raum. Dieses Zimmer gehörte der Nonne, die jeweils über diesen Schlafsaal zu wachen hatte. Es gab die zwei großen Schlafsäle, einer hatte blaue Vorhänge vor den Boxen und der andere gelbe. Pina wurde in den 3., kleinen Schlafsaal mit den roten Vorhängen verwiesen. Da schliefen „nur" 12 Mädchen. Das sollte also für ein Jahr ihr zu Hause sein. Sie erinnert sich, wie damals, als sie noch klein war, ihre Mama das Kreuzzeichen auf ihre Stirne malte und sie dann gut einschlafen konnte. Hier bekommt sie sicher kein Kreuzzeichen auf die Stirn gemalt. Pina packte ihre Sachen aus und bezog das Bett mit der Bettwäsche, die sie von zu Hause mitgebracht hatte. Vor ihr Bett legte sie einen blauen Plüschteppich, der einen Fuß darstellte. Alles musste mit dem eigenen Namen beschriftet sein. Alle Kleider, Handtücher usw. Von diesem Moment an herrschte Silence und Politesse, Exerzitien und Studium. Pina war also in dieser Klosterschule angekommen und das sogar freiwillig. Es war der einzige Weg, damals von zu Hause fortzukommen. Zumindest dachte Pina das. Auch da war Pina die, die nicht dazu gehörte. Sie zog es durch. Pina war ein pflegeleichtes Mädchen, das heißt, pflegeleicht, wenn sie es selber wollte. Von überall her kamen diese Mädchen. Es war absolut nur für weibliche Wesen. Weiter unten war das Knabeninstitut. Natürlich war alles sehr religiös.

Von zu Hause nahm Pina ihr kleines, schwarzes Radio mit Kopfhörern mit ins Internat. Jeweils am Montagabend, die Mädchen mussten um 20.00h im Bett sein, kam das Wunschkonzert, und jeden Freitagabend kam die Radiohitparade. Diese beiden Musiksendungen wollte Pina nicht verpassen. Auch die anderen Mädchen, die im Schlafsaal waren, hörten sich mit Kopfhörern solche Sachen an. Die Handys waren damals in weiter Ferne.

Die Ordensfrau, die Aufsicht hatte, machte immer den Rundgang. Blieb da und dort vor einer Box stehen, um zu horchen, ob die Mädchen auch wirklich schliefen.

Einmal rief eine Kollegin durch den ganzen Schlafsaal Pina zu: „Hast du das gehört?" „Ja", rief Pina.

Das war eine große Geschichte. An diesem Montagabend hatte eine Schulkollegin für Pina ein Lied mit lieben Grüßen gewünscht. Das kam tatsächlich im Radio und alle, die das Wunschkonzert hörten, haben es mitbekommen. Pina auch, die sich sehr gefreut hat. Die Ordensfrau war zu diesem Zeitpunkt auf der Toilette. Sie hörte die Mädchen rufen, wusste aber nicht genau, welche noch wach waren. Sie musste etwas geahnt haben. Vor Pinas Box blieb sie stehen. Sie blieb unendlich lange stehen. Alles war ruhig. Pina getraute sich nicht mehr zu bewegen. Sie hatte die Kopfhörer immer noch im Ohr. Das Radio lief. Die Ordensfrau stand sicher 2 Stunden vor Pinas Box oder noch länger. Pina wollte das Radio unters Bett legen, da riss die Ordensfrau den Vorhang auf und nahm Pina das Radio ab.

Das war's. Es verging eine sehr lange Zeit, bis diese Ordensfrau das Radio wieder zurückgab. Es gab auch noch eine andere Strafe. Pina musste den ganzen Schlafsaal reinigen, ebenfalls die Duschen und Toiletten.

Pina hatte sich im Internat sogar für den Kirchenchor angemeldet. Sie liebte schon in der Schule diese alten, melodiösen Kirchenlieder. Wenn noch die Orgel von einem Organisten mitspielte, war es besonders schön. In der Kirche damals hörten sich diese Lieder wunderschön an. Pina konnte bald alle auf Französisch auswendig mitsingen. Sie hatte auch damals während der Schulzeit einmal im Monat am Freitag nach der Schule Unterricht in Kirchengesang gehabt. Dies war für die Schüler obligatorisch. Pina erinnert sich auch, wie sie in der vierten Klasse mit der Gitarre so richtige Jazzmessen organisieren durfte. Pina spielte sehr gut auf ihrer Gitarre. Oh when the Saints…,Kum ba yah, my Lord… Der Herr Pfarrer hatte es Pina erlaubt, während der Schulmessen, die jeden Montag von 07.45h bis 08.45h dauerten, zu spielen.

Jeden Tag musste Pina mit den anderen Mädchen in dem riesigen Studiensaal Aufgaben lösen. Pina interessierte sich nicht so sehr für all die Verben und Vokabeln. Lieber wäre sie eigentlich ins Tessin gegangen. So wie es eine Schulkollegin von ihr tat. Doch Pinas Mutter wusste es besser. Die französische Sprache sollte Pina lernen. Pina schrieb meistens Briefe an ihre Mutter und an ihren damaligen Freund, der zu Hause sein Leben lebte. Sie waren noch keine 18 Jahre alt.

Der Speisesaal war riesig groß. Es ertönte der laute Gong durch alle Räume. Man wusste, jetzt wird kein Wort mehr gesprochen, egal wo man sich gerade aufhielt. Stillschweigend ging es in den Speisesaal und alle Mädchen versammelten sich vor ihren Tischen. Auch im Speisesaal herrschte Ordnung. Jedes Mädchen hatte ihren Platz zugeordnet bekommen. Die Mädchen warteten, bis eine Ordensfrau mit der Glocke klingelte. Dann wurde das Tischgebet gesprochen, dann klingelte die Glocke erneut und die jungen Mädchen durften sich setzen und sprechen. Es war für Pina eine angenehme Zeit. Sie hatte Glück. Die Ordensfrauen waren fast alle sehr nett. Ihre

Lehrerin war eine ältere, gütige Nonne. Pina und die Nonne verstanden sich gut. Pina war eines der wenigen Mädchen, die freiwillig dorthin gingen. Die meisten Mädchen wurden von ihren Eltern ins Internat geschickt weil sie mit ihren pubertierenden Töchtern nichts anfangen konnten. So konnten sie wenigstens für 1 Jahr die Verantwortung für die Erziehung der Töchter abgeben und hatten ein gutes Gewissen. Die Ordensfrauen würden es schon hinkriegen. Tatsächlich waren es ganz verschiedene junge Mädchen, die in diesem Institut waren. Pina kannte die Regeln der Ordensfrauen bereits aus der Schule. Sie war sowieso ein folgsames Mädchen. Gehorsam lernte sie schon sehr früh kennen.

Am Freitag gab es immer frisches Brot und Joghurt. Pina erinnert sich, dass ein Mädchen zu ihr sagte, dass sie doch nicht immer so selbstlos sein sollte. Die Joghurts brachte jeweils eine Volontärin auf einem Tablett an den Tisch. Alle sieben Mädchen stürzten sich sofort wie gierige, ausgehungerte Tiere auf diese Joghurtbecher. Jede wollte ihren Lieblingsjoghurt. Das achte Mädchen, Pina, machte auch da, bei diesem Wettkampf, nicht mit. Es war ihr unangenehm. Jedes der Mädchen bekam seinen Teil. Pina nahm also jeden Freitag den Joghurt, der noch übrigblieb. Sie war jedes Mal gespannt, welchen sie dieses Mal erhalten würde. Ananas, Erdbeere usw. Sie hatte einfach jeden Freitag einen anderen Geschmack. So war sie glücklich und machte ihr eigenes Spiel aus dem ganzen Tischtheater. Es gefiel ihr und sie fühlte sich überhaupt nicht selbstlos.

Pina liebte schon damals das Tanzen. Sie durfte sogar Jazzdance-Unterricht bei einer weltlichen Lehrerin nehmen. Die kam jede Woche einmal ins Internat, um die Mädchen zu unterrichten. Auch Jazzdance war in dieser Zeit noch etwas Exotisches. Doch gefiel das Pina besonders gut. Überhaupt, Pina war nicht ungern in diesem Institut. Sie erinnert sich auch an den Besuchstag. Ihre Klasse hatte so ein richtiges, schönes Theater mit Tanz einstudiert, das sie dann den Eltern und den anderen Besuchern vorzeigten. Leider kamen Pinas Eltern nicht. Die Reise wäre zu weit gewesen.

Am Ende des Internatjahres, holten die Eltern ihre Töchter ab. Pina wartete und wartete. Das letzte Mädchen vor ihr verabschiedete sich und Pina war noch allein im Internat. Nicht einmal eine Ordensfrau bemerkte, dass da noch ein Mädchen zurückgeblieben war. Die große Eingangstüre wurde verschlossen. Pina blieb mit ihrem Koffer auf der Treppe zurück und getraute sich nicht mehr zu klingeln. Sie wartete und wartete. Die Eltern kamen nach zwei Stunden Verspätung endlich angefahren. Pina erinnert sich noch, wie ihre Mutter etwas von Yverdon erzählte. Für die Eltern war es kein Problem. Pina aber war traurig, weil sie bemerkt hatte, dass die Eltern sie abholen kamen, weil ihre Mutter eigentlich ihre Tante in Yverdon besuchen wollte. Es war nicht weit von dem Internat entfernt. Wenn die Tante der Mutter nicht dort gelebt hätte, wäre Pina sicher mit dem Zug nach Hause gereist und wäre nicht abgeholt worden. Pina war es gewohnt, nicht im Mittelpunkt des Geschehens zu sein. Sie hatte schon früh bemerkt, dass sie immer so nebenbei erwähnt oder bemerkt wurde.

Sie hatte auch lange das Gefühl, dass sie eigentlich gar nicht so richtig gewollt sei. Das stimmte so nicht. Die Mutter hatte ihr viele Male erzählt, dass sie mit Pina hochschwanger im Umzugstress war. Dass es sehr schnell ging, nach dem Bruder von Pina, schon das zweite Kind zu bekommen. Dass der Vater, als er das Baby das erste Mal sah, sagte: „Ist das ein wüstes Kind. Die sieht aus wie ein Indianer." Pina bekam diese Worte von der Mutter zu hören, als sie älter war. Die Mutter aber sagte noch, dass sie gemeint hätte: „Warte nur ab, bis sie zwanzig Jahre alt ist. Dann ist sie bildhübsch." Was auch immer die Erwachsenen so sagen, es wird im Unterbewusstsein registriert. Wahrscheinlich hatte das kleine Baby diese Worte damals bereits verinnerlicht. Vielleicht war sogar diese Aussage vom Vater für Pina ausschlaggebend, dass sie immer den Wunsch hatte, irgendeinmal einem richtigen Indianer zu begegnen.

Auch spürte Pina, dass sie immer allein dastand. Ihr Bruder war der Favorit in der Familie. Nicht nur bei den italienischen Familien, nein, auch sonst galt einen Jungen zu haben als etwas, was einfach sein musste. Die Knaben tragen den Familiennamen weiter. Es hieß immer, wenn der Bruder etwas durfte, bekam oder machte: „Du kannst ja auch, wenn du willst." Doch Pina hatte keine Chance. Sie liebte ihren Bruder. Er war ein Spezieller. Er wurde in vielen Sachen bevorzugt. Pina mochte ihm das von Herzen gönnen. Er war auch ihr älterer Bruder.

England

Sie ging nach England. Dort fand sie eine nette Familie, die ein Aupairmädchen für ihre drei Jungs brauchte. Der Mann war ein Schottländer und der Herr Doktor im indischen Viertel der Stadt. Die Frau war eine bekannte irische Opernsängerin. Das Landhaus lag weit außen und nichts als Wald drum herum. Die beiden Hunde Tosca und Maibelin, gaben der jungen Pina ein wenig Mut, wenn sie wieder mal ganz allein mit den drei Jungs zu Hause war. Die Eltern der Kinder waren viel zu oft fort. Pina mochte den Vater von den Jungs nicht allzu gerne. Hingegen die Lady war sehr nett. Pina lernte die englische Tradition kennen. Die Engländer hatten schon komische Sitten. Pina erinnert sich, dass sie andauernd Hunger hatte. Zum Mittagessen gab es meistens heiße weiße Bohnen auf Brot oder Brot mit einem Bananenaufstrich. Am Abend kochte die Lady ab und an. Pina erinnerte sich nicht mehr, wie das mit dem Essen so richtig funktionierte. Sie wusste einfach, dass sie den weiten Weg in das naheliegende Dorf zu Fuß in Kauf nahm, und das immer wieder. Sie packte den Kleinsten in den Kinderwagen, als die beiden älteren Kinder bereits in der Play School waren. Im Dorf nach einem langen Marsch ging Pina sofort in die Bäckerei. Sie kaufte sich Brot und Schokolade. Seit sie in England war, hatte sie andauernd Hunger.

Die Lady und der Herr Doktor schenkten Pina einmal eine Karte in der ersten Reihe oder sogar in einer VIP-Lounge für das Wimbledon-Turnier. Die beiden konnten da nicht hingehen, weil die Lady einen Auftritt in der Oper hatte. Sie wollten Pina eine Freude machen. Doch Pina zog es vor, in das Konzert von Bob Marley zu gehen. Was sie dann auch tat. Das Konzert war am selben Tag wie das Tennisturnier. Die Gastfamilie von Pina konnte die Welt nicht mehr verstehen.

Alle wollten doch eine solche Eintrittskarte. Doch Pina hatte sich schon so lange auf Bob Marley gefreut. Es war dann auch ein wunderschönes Konzert. Eines der letzten, bevor er starb. Pina erinnert sich noch genau. Vor der Bühne war ein großer Teich. Es schwammen Enten und Schwäne drin. Ein wunderschöner Park und dann diese Musik von Marley. Ein wunderbarer, sonniger Tag. Pina war glücklich. Ihre Liebe zu Musicals konnte sie in England so richtig ausleben. Oliver Twist, Hair, My Fair Lady das waren einige wenige Musicals, die sich Pina in dem pompösen London Theater ansah. Sie kam sich dann so vor, als ob sie eine Königin wäre. Sie genoss es, in den mit Samt gekleideten Balkontribünen zu sitzen und auf die Bühne zu schauen. Alle diese Musicals liebte sie. Diese Kostüme, der Gesang, die Musik, die Geschichten, der Tanz. Die Darsteller konnten sich so richtig auf der Bühne mit allem Drum und Dran ausleben und Pina sah sich mitten drin. Das wäre Pinas Welt gewesen. Einfach gigantisch für Pina. Pina träumte immer davon, Tänzerin zu werden. Sie liebte jede Art von Tanz.

Israel

Noch nicht mal 20 Jahre alt, fuhr Pina nach Israel.

Sie erzählte ihren damaligen Kolleginnen von ihrem Wunsch, in einen Kibbuz zu gehen. Nicht viele wussten damals, dass es so etwas gibt. Eine Kollegin hörte besonders gut zu, als Pina von ihrem Wunsch in einen Kibbuz zu gehen erzählte.

Das war die Kollegin, die dann zusammen mit ihrer Schwester vor Pina nach Israel ging. Pina war sehr erstaunt. Alle von der Gruppe wussten, dass diese beiden jungen Mädchen dorthin gehen würden. Pina nicht.

Pina wusste, um was es ging. Sie gehörte nicht dazu.

Es war Pinas Traum und den ließ sie sich nicht nehmen.

Als Pina als Jugendliche in Israel in einem Kibbuz war, fragte sie ein Hebräer, woher sie komme. Als Pina ihm zur Antwort gab, dass sie Schweizerin sei, glaubte er ihr das nicht. Er sagte, Schweizerinnen haben blonde Zöpfe und rote Backen. Sie lüge und sei keine Schweizerin. Da hatte sie einen klaren Spiegel vor ihr Gesicht gesetzt bekommen. Pina hatte diesen Hebräer sogar verstanden. Denn Pinas Haut wurde von der israelischen Sonne sehr braun. Sie sah in Israel eher aus wie eine Araberin. Doch dieser Mann beschimpfte Pina sehr, sehr böse. Als er dann noch den Stern auf ihrem Arm sah, den sich Pina von einem früheren Freund tätowieren ließ, war alles nur noch schlimmer. Sie hörte sich diese Beschimpfung an und wandte sich von diesem Menschen ab. Sie verstand kein Wort, doch der Tonfall und die erzürnten Züge im Gesicht des Mannes, ebenso die fuchtelnden Arme und Hände, ließen sie jedes Wort verstehen.

Sie war schon seit drei Monaten in Israel. Ihre Haut war von der Sonne schokoladenbraun, die Haare eh schon immer dunkelbraun, fast Schwarz. Die Kleidung hatte sie sich bei den Beduinen gekauft. Ein wunderschönes, besticktes Oberteil und weiße Beduinenhosen, die damals alle Hippies trugen. Ihr goldener Halbmond mit dem Brillanten in der Nase und ihr tätowierter fünfzackiger Stern auf dem Unterarm machten sie noch mehr zur Exotin. Sie konnten Pina wieder einmal nicht einordnen. Pina, die Ausländerin. Wo auch immer sie war oder hinging. Sie gehörte nie dorthin, wo sie sich gerade befand.

Sie gehörte nirgendwo hin.

Pina gehörte wieder einmal mehr nicht dazu. Sie wusste selber nicht, wer sie war. Geschweige denn, wohin sie gehörte. Schon ihr ganzes, junges Leben lang wollte Pina einfach nur weg. Wohin, das wusste sie nicht. Weg, einfach fort. Es zog sie immer wieder irgendwo hin. Sie war eine Nomadin. Das Fernweh war eine Wehmütigkeit, die sie oft spürte. Wohin sie gehörte, das erfuhr sie erst viele Jahre später. Israel war ein Ziel von Pina, dass sie ebenfalls erreichte. So wie sie alles erreichte, wenn sie wirklich etwas wollte. Leider wollte sie nicht sehr viel, denn sie war schon, seit sie ein kleines Mädchen war, sehr genügsam und zufrieden. Ja, Pina lebte schon immer in ihrer eigenen Welt. Sie war ein überaus zufriedenes Kind. Damals war sie noch keine 20 Jahre alt und fuhr von Livorno aus mit einem großen Schiff nach Israel. Diese Reise dauerte eine Woche lang. Drei Inseln wurden in dieser Zeit besucht. Kreta, Rhodos und Korfu. Pina kann sich noch genau erinnern, wie sie am frühen Morgen mit dem Schiff im Hafen von Haifa einfuhren. So richtig mystisch war das. Dieses Heulen von der Schiffssirene, der Morgendunst der Stadt und eine eindrückliche Stille. Auch ein bisschen unheimlich. Da im Hinterkopf der Krieg am Gazastreifen präsent war. Genau dort, wo Pina in den Kibbuz Mefalsim eingeteilt wurde. Nur fünf Kilometer nahe vom Gazastreifen war ihr Kibbuz. Alle in der Schweiz rieten Pina ab von ihrem Vorhaben, nach Israel zu gehen. Es sei Krieg und sehr gefährlich. Doch Pina interessierte das nicht.

Irgendwie sollte jeder Mensch einmal in Israel gewesen sein. Als Pina all die Orte besuchte, die sie von der Geschichte her kannte, war das schon ein durchdringendes Gefühl. Der Ölberg, die Grabeskirche, Bethlehem, Jerusalem, Jericho, der Felsendom usw. Das Leben im Kibbuz selbst gefiel ihr außerordentlich. Der politische Hintergrund war Pina egal. Die Griechen schimpften über die Israelis, alle gingen dorthin, und arbeiteten ohne Lohn. Die Volontäre, die aus der ganzen Welt nach Israel in einen Kibbuz kamen, hatten Essen, die Unterkunft und 20 israelische Pfund im Monat für Seife, Kaffee und die, die rauchten, für Zigaretten. Pina war auch da ein Glückspilz. Die Volontäre wurden zu verschiedenen Arbeiten eingeteilt. Es gab welche, die in der Münzfabrik arbeiten mussten. Solche, die auf der Hühnerfarm ihre Tätigkeit bekamen.

Baumwolle

Ihre Arbeit war auf dem Feld. Es war nicht nur ein Feld, nein, es waren mehrere Baumwollfelder. Morgens um halb 4 Uhr standen die Volontäre auf und wurden von den Männern mit dem Traktor aufs Feld gefahren. Sie hatten eine Feldflasche, eine Lupe, einen Schreibstift und einen Zettel dabei. Kurz wurden Pina und ihre Freundinnen aus Brasilien, Ecuador, Argentinien und Guatemala das erste Mal instruiert, was sie zu tun hätten.

Ein Flipchart wurde mit Zeichen bemalt. Es waren fünf Sorten Ungeziefer, die die Volontärinnen auf diesen Feldern suchen und zählen mussten. Es ging um die Baumwollernte im Herbst. Pina, die ja in der Schweiz aufgewachsen war und die Exaktheit der Schweizer intus hatte, hatte sich diese fünf Zeichen aufgeschrieben und ging Tag für Tag gewissenhaft ihrer Pflicht nach. Das Feld war circa fünfundzwanzig Meter lang und unendlich breit. Im Abstand von circa drei Metern mussten sie immer einen Meter lang alle Blätter mit der Lupe anschauen und das Ungeziefer erkennen und zählen. Pina nahm ihre Arbeit ernst und zählte genau. Die Feldflasche mit dem gefrorenen Wasser hängte sie sich jeden Morgen um den Hals. Die Volontärinnen wurden mit einem Bus abgeholt und von einem Mann auf die Felder gebracht. Dort stieg Pina jeweils in einen sehr großen, hohen Traktor und sie wurde wiederum dorthin weitergefahren, wo sie ihre tägliche Arbeit verrichten sollte. Das war sehr früh morgens. Circa um halb neun wurden die Volontärinnen wieder „eingesammelt" und zum Kibbuz zurückgebracht. Dort konnten sie im großen Speisesaal das Frühstück zu sich nehmen. Dann gings nochmals auf das Feld. So gegen elf Uhr, spätestens um zwölf Uhr, war die Arbeit beendet. Es war viel zu heiß. Man konnte nicht mehr auf dem Feld arbeiten. Im Frühling waren die Baumwollstauden sehr klein und es gab wenig zum Zählen. Kurz vor der Ernte im Herbst waren sie größer als Pina selber und sie stand im Dschungel. Wie viel sie gezählt hat, weiß sie nicht mehr. Aber sie hat gezählt und das so etwas von Richtig. Es gab einmal eine Diskussion morgens um vier. Der Chef von den Baumwollfeldern diskutierte sehr laut mit den Mädchen aus Argentinien. Pina verstand nichts. Eine andere Volontärin erklärte ihr, dass es darum ginge, dass die Zahlen der Argentinierinnen und ihre gezählten Zahlen nicht übereinstimmen würden. Pina erntete von den argentinischen Mädchen böse Blicke. Der Chef ging dann selbst aufs Feld, um zu kontrollieren. Pinas Zahlen stimmten. Die Israelis von diesem Kibbuz hatten in diesem Herbst die größte Baumwollernte, die sie je hatten. Anhand der Zählungen spritzten sie vom Flugzeug aus DDT, das schreckliche Gift. Dieses Gift sollte das Ungeziefer vernichten.

Wenn die Zählungen nicht stimmten, war es natürlich klar, dass da falsch gespritzt wurde. Es war darum sehr wichtig, dass die Volontärinnen ihre Arbeit gewissenhaft ausführten. Da waren die Schweizerinnen sehr beliebt.

Einmal, als Pina auf dem Feld war, kam ein solches Kleinflugzeug und sprühte das ganze Gift genau da herunter, wo Pina am Arbeiten war. Das war nicht so großartig. Pina musste dann irgendwelche Tabletten schlucken, die ihr die Krankenschwester vom Kibbuz gab. Wahrscheinlich gab es eine falsche Einteilung, so dass Pina in dem Moment, wo sie wieder einmal das Gift sprühten, im Feld stand.

Ein anderes Mal wurde Pina mit Steinen beworfen. Sie war wieder einmal allein auf dem großen Feld zusammen mit ihrer Feldflasche, der Lupe, dem Schreibblock und Stift. Weit und breit niemand zu sehen, fast niemand. Fünf Kinder in zerfetzten Kleidern waren ein paar Meter von Pina entfernt. Die Kinder waren zwischen vier und sieben Jahren alt. Wahrscheinlich waren es arabische Kinder. Sie warfen Steine nach

Pina. Pina sprang weg und fürchtete tatsächlich, dass einer dieser Steine sie treffen würde. Das geschah aber zum Glück nicht. Warum diese Kinder Pina mit den Steinen bewarfen, wusste sie nicht. Vielleicht war es ein Spiel, vielleicht Zeitvertreib, da hatte Pina keine Ahnung. Sie spürte einfach, dass die Kinder Spaß hatten, als sie merkten, dass Pina fortlief. Böse Absicht war wahrscheinlich nicht dahinter, obwohl Pina eine gewisse Boshaftigkeit der Kinder spürte.

Pina ist heute noch stolz, dass sie bei dieser Ernte mithelfen konnte, das beste Resultat zu erreichen.

Drei Jungs aus Zermatt und ein Freund von ihnen arbeiteten im Hühnerhaus und in der Münzfabrik. Wenn die Volontäre Ausgang wollten, mussten sie per Autostopp nach Sderot trampen. Sderot liegt im westlichen Teil der Negev-Wüste unweit des nördlichen Gazastreifens. Im Gazastreifen war Pina während ihrer Kibbuz-Zeit auch einquartiert. Fünf Kilometer weit entfernt fielen die Bomben. Die Volontäre konnten eigentlich vis-à-vis zuschauen, wie die Rauchwolken in den Himmel aufstiegen und sich auflösten.

Angst hatten sie nie. Pina war einfach glücklich dort zu sein, wo sie war. In Israel, dem Land ihrer Träume.

Sie lernte Rov kennen, einen Schweizer. Rov lebte eine lange Zeit in Italien bei seiner ehemaligen Freundin. Rov war es auch, der ihr sagte, dass sie unbedingt nach Dahab gehen sollte. Es sei so wunderschön dort. Dahab war ein ehemaliges Fischerdorf im Süden der Sinai-Halbinsel und gehörte damals noch zu Israel. Alle Hippies sollten sich mal dort sehen lassen. Das war einfach klar. Vorher aber hatte Pina eine abenteuerliche Zeit zusammen mit Rov. Rov kannte einige Araber. An einem Wochenende wollte sich Pina in Jerusalem mit Rov treffen. Es war Freitag. Immer freitags, nach Sonnenuntergang, begann der Sabbat. Also es fuhren ab fünf Uhr keine Busse mehr usw. Pina stieg in der Nähe von ihrem Kibbuz in einen Linienbus, der nach Cristina fuhr und dann nach Jerusalem. Pina bat den Fahrer, ihr doch Bescheid zu geben, wenn sie umsteigen müsse. Sie kannte die Strecke noch nicht. Der Buschauffeur hatte kein Interesse, Pina auch nur einen Wink zu geben, als der Bus bei Cristina hielt. Pina schlief nämlich im Bus ein und wachte auf, als es nicht mehr weiter ging. Es war einen Tag, nachdem sie von der Krankenschwester die Tabletten gegen das DDT-Gift bekommen hatte. Wahrscheinlich war sie darum so sehr müde. Ansonsten wäre sie sicher nicht eingeschlafen. Sie war noch allein im Bus und bemerkte, dass es nicht die Haltestelle von Cristina sein konnte. Cristina war nur eine kleine Haltestelle an der Straße. Da aber, wo sie aufwachte, war ein großer Busbahnhof. Es waren auch viele Leute in Bewegung. Sie sprang aus dem Bus und fragte, wo sie sei. Tel Aviv. Da bekam Pina einen Schrecken. Sie hatte mit ihrem Freund Rov abgemacht, sich um vier Uhr an der Bushaltestelle in Jerusalem zu treffen. Jetzt war es vier Uhr und sie befand sich in Tel Aviv. Sie rief instinktiv Jerusalem. Ein alter Mann zeigte in eine Richtung und machte ihr klar, dass sie sich beeilen musste. Pina wusste, ab fünf Uhr ging am Freitag gar nichts mehr in Israel. Also lief sie an all den parkierenden Bussen von der Haltestelle in Tel Aviv vorbei und stieg in den letzten Bus. Tatsächlich, es fuhr noch ein Bus nach Jerusalem. Der letzte an diesem Tag. Sie hoffte nun, dass sie ihren Freund doch noch treffen würde. Das war auch so. Als Pina eine Stunde später in Jerusalem eintraf als abgemacht, lief sie die Straße hoch, und tatsächlich kam ihr Rov entgegen. Ein Stein fiel ihr vom Herzen. Rov war tatsächlich davon ausgegangen, dass Pina den letzten Bus nahm und nicht, wie abgemacht, um vier Uhr in Jerusalem ankam. Rov wusste eine Herberge mitten in der alten Stadt von Jerusalem. Es war ein Haus von Arabern. Hohe Mauern, Pflanzen und einiges Zeugs drum herum. Es waren noch mehrere Hippies zum Übernachten dort. Pina fühlte sich nicht wohl. Rov hatte einiges zu erledigen, mit irgendwelchen Leuten, die Pina nicht kannte. Es waren Europäer. Reisende, die von Rov etwas wollten. Pina fragte nicht nach, was da ablief. Es interessierte sie nicht. Am Morgen liefen sie durch die alte Stadt von Jerusalem. Mystisch, hektisch, farbenfroh; und viele, viele Menschen, die aneinanderstießen und sich vorbeizwängten. Viele kleine Läden. Fleisch, das voller Fliegen in der großen Hitze hing und zum Verkauf angeboten wurde. Es stank fürchterlich. Aber Pina fühlte sich wohl dabei, mit ihrem Rov durch diese alte Stadt zu schlendern und die fremde Welt zu beschnuppern. Der Hauch vom Orient gefiel Pina schon damals. Zusammen mit Rov besuchte Pina die Grabeskirche. Dort zündete sie Kerzen an. Kerzen für ihre Mutter, die zu Hause in der Schweiz war. Am Abend, es war circa elf Uhr, wollte Rov drei Freunde, die er anscheinend in Jerusalem kennengelernt hatte, besuchen. Pina ging mit. Die Altstadt war am Abend alles andere als belebt, bunt und geschäftig. Es brannten da und dort kleine Laternen, die die Altstadt nicht ganz so finster erscheinen ließen. Doch es war unheimlich. Pina erinnerte sich an die alten Filme, die sie im Fernsehen gesehen hatte. Die vielen Verkaufsläden und Stände waren weg. Alles mit Holz vermacht und geschlossen. Die Pflastersteine waren das Einzige, was noch an den Tag erinnerte. Es war eine düstere, unheimliche Altstadt. Rov wusste genau, wo er hinging. Durch etliche Gassen folgte Pina Rovs Schritten. Sie erkannte sogar den schmalen Weg, wo das Geschäft mit all den farbigen Stoffen war. Doch es war verschlossen, wie alle anderen Geschäfte auch. Weit hinten saßen tatsächlich Leute. Leute, es waren Männer. Drei Araber, die ihre Wasserpfeife rauchten. Weiße Kleider und das Haupt mit der schwarzen Kordel gehalten. Rov musste diese Leute von irgendwo her kennen. Sie haben gewusst, dass er kommen würde. Dann gingen die beiden mit einem Araber weg. Rov sagte Pina, dass er sie zu sich nach Hause eingeladen hätte. Pina war sich sicher, dass Rov wusste, was er tat. Dann gingen sie durch die düstere Altstadt, und der Araber blieb vor einer Holztüre stehen. Auf Englisch sagte er, das sei ein Happy House. Hier gäbe es nur glückliche Menschen. Was auch immer er damit meinte. Pina war im Geschehen drin. Mit Rov und diesem fremden Araber. Rov und Pina wurden hereingebeten. Der Araber schloss die Türe hinter sich zu. Sie standen in einem Gang. Es ging weiter. Er zeigte ihnen Zimmer und Räume und führte sie immer weiter. Das Haus, das von außen so unscheinbar klein schien, war in Wirklichkeit ein großer Palast mitten in der Altstadt von Jerusalem. Verborgen von der Welt, so kam es Pina vor. Hinter ihnen wurden sicher fünf Türen auf- und dann wieder zugeschlossen. Dann waren sie plötzlich draußen in einem riesigen Garten. Ein wunderschöner arabischer Garten. Ein Springbrunnen mit wunderschönen Skulpturen drum herum. Blumen in allen Farben. Alles strukturiert und schön angelegt. Pina staunte ob dieser Pracht. Der Mond schien in dieser Nacht hell und klar. Pina dachte an die arabischen Geschichten aus tausend und einer Nacht. Es war ein richtiges Abenteuer. Der Araber lief weiter und schloss eine weitere Türe auf. Als sie dann wieder drin waren, verschloss er auch diese Türe hinter ihnen. Irgendwie hat Pina Rov gefragt, ob sie da je wieder rauskommen. Rov, immer noch voller zuversicht ab seinem arabischen Freund, lachte und bejahte. Dann waren sie in einem Raum. Es gab bequeme Sitzkissen und kleine, runde arabische Tischchen. Der Araber holte Gläser und gab den beiden etwas zu trinken. Pina war es nicht mehr ganz so wohl dabei. Rov erklärte Pina leise: „Trink beide Gläser leer. Ich trinke nichts." In dem Moment wusste Pina, dass Rov bemerkte, dass da etwas nicht stimmen konnte. Also trank Pina widerwillig, um den Araber nicht zu verärgern. Unauffällig schaute sie sich um, ob sie diese beiden Gläser irgendwo hinschütten könnte. Aber es gab nichts. Pina trank zuerst ihr Glas leer. Sie wartete lange, bis sie dann später auch das von Rov trank. Es geschah nichts. Pina und Rov waren beruhigt. Der Araber wollte unbedingt, dass Pina ein arabisches Kleid anzog, das er ihr hinlegte. Er wollte auch Pina tanzen sehen. Pina war nach allem anderen zumute als zu tanzen und Kleider zu wechseln. Der

Araber wurde das erste Mal ungemütlich. Er drängte Pina, dieses Kleid anzuziehen. Das machte sie auch, aber behielt ihre Kleider an und zog das arabische Kleid einfach darüber. Das gefiel ihm nicht.

Dann nahm er die Wasserpfeife und fing an zu rauchen Der Araber bot Pina die Wasserpfeife ebenfalls an. Doch Pina verneinte. Sie mochte dieses Zeug nicht. Rov machte gute Miene und zog an der Wasserpfeife. Rov sagte Pina in einem Moment, als der Araber nicht hinschaute, dass dieser Opium rauche. Dann war alles klar. Wie kamen Pina und Rov hier weg, und zwar schnellstmöglich? Dann nahm der Araber den Fuß von Pina in seine Hände. Er beabsichtigte eine Silberkette herzustellen. Diese Silberkette sollte dem Fussgelenk von Pina angepasst werden. Alle saßen ja auf diesen farbigen Kissen am Boden. Er habe ein Geschäft in der Altstadt, das Silberschmuck herstelle. Die Blicke dieses Mannes konnten Pina nicht erreichen.

Sie wich immer aus und fing an zu überlegen. Es gab aber nichts, was ihr einfiel. Das Einzige, was Pina in diesem Moment wusste, war, dass viele Türen, die in die Welt hinaus aufgehen, geschlossen waren. Der Araber war den beiden überlegen. Rov sagte zu Pina, dass er ihn ablenken wolle. Dieser Araber war tatsächlich opiumsüchtig. Das haben sie im Verlauf der Zeit mitbekommen. Er wollte plötzlich, dass die beiden Liebe machten. Er wollte zuschauen. Zuerst Rov zusammen mit Pina, dann alle drei zusammen. Rov konnte diesen Süchtigen tatsächlich ablenken. Die beiden gingen einige Treppen tiefer in eine Küche. Pina sollte unbedingt oben bleiben und warten. Wie lange das dauerte, wusste sie nicht. Auch hatte Pina nie erfahren, was in der Küche des Arabers ablief. Rov kam nach langer Zeit nach oben und sagte Pina, dass der Araber jetzt zufrieden sei und sie keine Angst haben müsste. Rov und Pina blieben ganz leise. Irgendwann hörten sie fremde Schritte und dann ein Klopfen. Der Araber war plötzlich wieder im Raum und schloss die Türe auf. Es kamen fünf weitere arabische Männer in den Raum. Es war etwa drei Uhr morgens. Alle schauten sie auf Pina. Es ging ein aufgeregtes, arabisches Gespräch los. Weder Rov noch Pina verstanden etwas. Einer der Araber hob Pinas Handgelenk an. Er deutete auf den tätowierten Stern. Ein weiterer nahm Pina in die Mitte der Männer und begutachtete mit den anderen Männern den goldenen Halbmond mit dem Brillanten drin, den Pina in der Nase trug. Ein weiterer nahm die Beduinenjacke, die Pina trug, in die Hände. Sie wurde besprochen, mal lauter, mal weniger laut. Rov war weiß wie ein Leinentuch und Pina spürte eine unendliche innere Kraft in sich. Die Männer wussten wahrscheinlich nicht, wohin sie Pina einordnen konnten. Wer war Pina? Für diese Männer musste es etwas gegeben haben, das sie vor Pina warnte. Pina stand diesen Männern gegenüber wie eine stolze Kriegerin. Irgendwie hatte Pina das Gefühl, dass sie eine riesige, unsichtbare Armee um sich hätte. Sie fühlte sich plötzlich so stark, so überlegen, so sicher. Sie sendete so viel Liebe und freundliche Signale aus. Eine Sicherheit und eine unendliche Kraft gingen von Pina aus. In diesem Moment verwandelte sich Pina in eine Kriegerin. Nein, nicht in eine gewöhnliche Kriegerin. Pina war die Herrscherin im Moment. Stille. Eine noch nie dagewesene Kraft ging von Pina aus. Die Männer gingen zur Tür und weg waren sie. Nur der opiumsüchtige Araber blieb. Er war sehr erzürnt und ging in die Küche nach unten. Rov und Pina nutzen den Augenblick und schlichen sich auf die Empore, die nach draußen auf einen Balkon führte. Der Muezzin fing an zu rufen. Es dämmerte und der neue Tag in Jerusalem brach an. Rov und Pina bemerkten, dass sie keine Chance hatten, aus diesem vielfach verschlossenen Haus zu kommen. Plötzlich stand der Araber neben ihnen und schimpfte los. Geht rein, was macht ihr da. Die Nachbarn dürfen euch nicht sehen, verschwindet. Er war so böse und zerrte die beiden ins Haus. Dann öffnete er die Türe, eine weitere, eine weitere... Es war eine lange Zeit, die Zeit war so lange, bis Pina und

Rov endlich draußen in der Altstadt standen. Die letzte Türe schloss sich hinter ihnen. Dieses Mal aber standen sie in der Freiheit. Sie waren wieder mit der Welt verbunden. Das war harter Stoff. Müde und wortlos liefen sie zu einem Teehaus. Die beiden setzten sich und erholten sich von dem Erlebten.

Es gab noch ein, zwei brenzlige Szenen in Jerusalem, dann hatte Pina genug Abenteuer und fuhr zurück in den sicheren Kibbuz.

Als Rov unbedingt weiterziehen wollte (er hatte vor, nach Kuwait zu reisen), trennten sich ihre Wege. Rov wollte zwar, dass Pina mit ihm kommen würde. Doch Pina blieb im Kibbuz. Rov versprach Pina, wenn er in Griechenland sei, würde er ihr sofort schreiben. Pina wartete vergebens auf einen Brief von Rov. Es kam nie ein Brief. Damals gab es noch keine Handys. WhatsApp und Co. waren ebenfalls in weiter Ferne. Die Zeit verging und Pina erinnerte sich an die Worte ihres Freunds Rov. Zusammen mit einer Kollegin reiste sie nach Dahab. Das damalige Hippiedorf wollte Pina unbedingt besuchen. Sie hatte sich viele freie Tage zusammengelegt und konnte so vom Kibbuz weg. Von einem anderen Schweizer ließ sich Pina die Route nach Dahab erklären, und wie sie dahin kommen konnte. Zuerst fuhren die beiden jungen Schweizerinnen mit dem Bus. Dann gab es einen Stopp und die beiden mussten an einer Bushaltestelle übernachten. Denn weiter gings mit einem Beduinentaxi, aber erst am anderen Tag. Ihr bestelltes Taxi war schon weg. Das Beduinentaxi hatte ihnen ein Bekannter vom Kibbuz organisiert. Pina war nicht sonderlich erfreut, denn sie kannte weder den Ort noch die Leute, die dort waren. Es waren viele Menschen, die auf irgendein Fahrzeug oder auf irgendetwas anderes warteten. Es gab eine Toilette, doch die war so schlimm, dass es besser war, dass man es den Beduinen nachmachte, wenn man zur Toilette musste. Die Männer liefen umher und plötzlich blieben sie stehen, gingen in die Hocke, hoben den Rock. Nach einer kurzen Hockepause liefen sie einfach weiter. Damals war das so üblich. Der Wüstensand der Sinai-Halbinsel war eine öffentliche Toilette. Die Kollegin von Pina hatte sich einen Fremden angelacht. Wie das so schnell möglich war, ist Pina heute noch ein Rätsel. Also schlief Pina unruhig und allein mit ihrem Schlafsack wartend auf den Morgen.

Das Beduinentaxi kam tatsächlich. Es war ein schwarzes Auto.

Vorne zwei Sitze. In der Mitte eine Bank und hinten gab es ebenfalls noch eine weitere Sitzbank. Pina und ihre Kollegin bezahlten vorab die Beduinen und stiegen damit in das unbekannte Abenteuer. Die beiden Beduinen saßen vorne. Einer am Steuer und einer daneben. Die Kollegin von Pina und Pina selber saßen in der Mitte zusammen mit einer Beduinenfrau und drei kleinen Kindern. Wahrscheinlich war die Frau eine Frau von einem der Fahrer. Pina war ganz angetan von den wunderbaren Stickereien, die die Beduinenfrau auf ihrem schwarzen Umhang hatte. Leuchtende Farben umhüllten die Beduinenkinder. Das herbe, belebte Gesicht der Frau zeigte einen kurzen Augenblick an Neugierde Pina gegenüber. Mehr war nicht möglich. Hinten auf der Bank war noch ein Ausländer. Er sprach kein Wort. Er sah wie ein Europäer aus. Wahrscheinlich ein Reisender. Pina konnte auch mit ihm nicht in Kontakt kommen. Die Fahrt ging los. Es dauerte nicht lange, dann waren sie mitten in der Wüste. Es war holprig und für Pina schleierhaft, wie die Beduinen zu so einem Auto überhaupt kamen und wie sie durch die Sandwüste fuhren.

Nach einer langen Autofahrt durch das weite Nichts voller Sand blieb der Wagen plötzlich stehen. Sie hatten sicher schon mehr als eine Stunde Fahrzeit hinter sich. Die Beduinen hielten an und stiegen aus. Die Frau mit den Kindern ebenfalls. Keiner sprach ein Wort. Auch wenn gesprochen worden wäre, Pina hätte nichts verstanden. Denn die arabische Sprache war weit entfernt von unserem Deutsch. Pinas Kollegin, Pina und der Reisende saßen immer noch im

Auto. Aufgeregte Stimmen von den beiden Männern waren zu vernehmen. Weit und breit nichts. Das war das erste Mal, als Pina merkte, dass sie ja weitab von der Zivilisation angelangt waren. Kein Mensch wusste in diesem Moment, wo sie sich befanden. Am allerwenigsten Pina selber. Auch ihre Kollegin begann andere Gedanken zu verdrängen. Sicher eine weitere Stunde geschah nichts. Dann plötzlich tauchten von allen Seiten her sicher mehr als 30 Männer von 3 bis 80 Jahre auf. Alle versammelten sich um das Beduinentaxi. Ein Riesendurcheinander an Stimmen und Lauten, die die beiden jungen Schweizerinnen nicht verstanden. Die Beduinenfrau mit den Kindern war nicht mehr zu sehen. Auch der Reisende war plötzlich weg. Es war ein Moment im Leben von Pina, den sie nie mehr vergaß. Der Schock war größer als die Angst. Nein, Pina hatte keine Angst. Sie war einfach über ihren Mut, oder über ihre Naivität erschrocken. Sie war sich in diesem Moment bewusst, wenn hier etwas nicht stimmt, verschwinden wir im Orient. Aber das war nur so ein Gedanke. Pina nahm an, dass die Beduinen irgendeinen Handel abgeschlossen hätten. Was auch immer. Es gingen auch viele Wasserkanister hin und her bei den Männern. Die Beduinen waren wahrscheinlich nur neugierig, wer da wohl in diesem Auto saß. Zwei junge Frauen in den Achtzigerjahren, allein in der Sinai-Wüste, das war damals, wahrscheinlich auch heute noch, nicht alltäglich. Dann endlich, die beiden Männer stiegen ins Auto und fuhren tatsächlich los. Zuerst aber verschwand die Männermeute so schnell hinter den Dünen, wie sie gekommen waren. Als ob nichts geschehen wäre. Niemand war da, nur Stille, Sand, Sonne, Licht, Luft und die vier im Beduinentaxi. Die Fahrt ging weiter. Nach zwei weiteren Stunden hielten die beiden Männer an und zeigten den beiden jungen Schweizerinnen, dass sie aussteigen sollten. Das taten sie dann auch. Doch außer Sand sahen sie nichts. Bevor die Beduinen abfuhren, schrie Pina nochmals laut den beiden zu. Einer zeigte in eine Richtung, und weg war das Auto.

Dann plötzlich merkte Pina, dass es schon spät war. In Israel gibt es keine Dämmerung. Es wird sofort dunkel. Die beiden standen also allein in der Sinai-Wüste und wussten nichts. Pina sagte der Kollegin: „Jetzt müssen wir rennen, einfach in die Richtung, die dieser Beduine uns gezeigt hat." Sie rannten los. Es war so anstrengend durch diesen Sand zu rennen. Doch dann, kurz bevor es dunkel wurde, eine wunderschöne Oase. Ein wunderschöner Ort. Beduinenfrauen saßen am Boden und backten über dem kleinen Feuer Pitabrote. Das Meer lag zwei Meter vor ihnen. Palmen, Hühner, Ziegen. Beduinenkinder, die umherliefen. Pina und ihre Kollegin waren happy und vor allem erleichtert. Sie hatten das unter Hippies berühmte Beduinendorf Dahab erreicht. Ein Beduine kam und holte die beiden ab. Sie gaben ihm Geld und bekamen dafür eine Palmhütte, wo sie schlafen konnten. Für Pina sah dieser Beduine eigenartig aus. Er trug doch tatsächlich eine dicke, schwarze Hornbrille. Das schien Pina ungewöhnlich und unpassend für einen Beduinen. Pina vergrub ihr Geld im Sand. Das hatte ihr vorab ein Freund aus dem Kibbuz erzählt. Sie solle dort gut auf ihr Geld aufpassen und es im Sand vergraben. Pina und ihre Kollegin schliefen das erste Mal im Beduinendorf. Im Dorf der Hippies aus den Achtzigerjahren, das damals noch zu Israel gehörte. Ihre Kollegin und sie verbrachten eine schöne Zeit dort. An einem Abend wurde eine Beduinenparty organisiert. Alle wollten sie dorthin gehen. Pina aber hatte noch Erinnerungen an den Abend bei dem Araber. Sie hatte Bedenken, dass sie wieder in eine solch eigenartige Situation kommen könnte. Also blieb sie zurück. Sie wollte nicht mitgehen. Ein junger Mann aus Österreich blieb ebenfalls im Beduinendorf bei Pina. „Wenn du hierbleibst, gehe ich auch nicht mit", meinte er. Pina wusste, mit dem werde ich kein Marihuana rauchen. Sie mochte ihn nicht sonderlich. Die anderen gingen alle weg. Sie und der Österreicher blieben zurück. Es waren wieder einmal unzählige Sterne am Himmel. Jeden Abend dachte Pina, könnte sie doch einen von diesen Sternen vom Himmel nehmen und ihn in ihren Händen halten. Die Sterne von Dahab waren ihr so nahe. So greifbar nahe war der wunderschöne, satte Sternenhimmel. Tatsächlich wie ein Baldachin über allem. So viele Sterne auf einmal hatte Pina noch nie gesehen. Dieses Sternenspektakel am Himmel wiederholte sich jede Nacht.

Also rauchte der Österreicher seinen Joint allein und bot Pina aus seiner Dose etwas zum Trinken an. Pina trank davon. Dass das aber ein Fehler war, das wusste sie erst viel später. Plötzlich verschwamm alles vor Pinas Augen. Sie erinnert sich noch, wie der Österreicher zu ihr sagte, dass sie doch ein bisschen laufen sollten. Sie lief mit ihm irgendwo hin. Sie wollte sich zusammennehmen, weil sie merkte, dass sie ihre Kontrolle immer wieder verlor. Alles kam ihr entgegen und verschwand wieder. Sie konnte sich diesen Zustand nicht erklären Sie schwankte. Plötzlich hörte sie laute Musik und viele Menschen waren da. Alles war so verschwommen. Sie konnte nichts erkennen, sie wusste auch nicht, wo sie war. Auch all diese Menschen. Sie verschwammen vor ihr und Pina konnte rein gar nichts erkennen. Der Österreicher war immer an ihrer Seite und einfach ruhig. Die Musik hatte eigenartige Töne, als ob sie Musik unter Wasser hörte. Wo war Pina, was geschah da um sie herum? Sie schwankte hin und her. So als ob sie auf einem schaukelnden Schiff stehen würde. Sie weiß noch, wie sie zu dem Österreicher sagte, dass sie umkehren möchte. Die Dunkelheit der Nacht umhüllte Pina wie ein nicht gewollter Mantel.

Blackout

Ob es damals schon KO-Tropfen gab, fragte sich Pina zu einem viel späteren Zeitpunkt.

Pina erwachte in ihrer Palmenhütte wieder. Alle, die sie kennengelernt hatte, die ihre näheren Kollegen waren in dieser Zeit bei den Beduinen im Hippiedorf, saßen um sie herum. Was machen die da in meiner Hütte, wie spät ist es, was ist geschehen? Pina war plötzlich wach. Hellwach. Es war bereits sehr heiß und schon elf Uhr vormittags. Sie hörte noch ihre Kollegin sagen, dass sie gestern Abend besser mit ihnen hätte mitgehen sollen. Alle schauten Pina mit niedergeschlagenen Gesichtern an. Wie kam sie in ihre Hütte? Wo war der Österreicher? Was war geschehen? Warum sagte niemand etwas? Nein. Nein. Nein. Sie sprang auf und rannte ins Meer. Sie weinte und dachte an Rov. Die Tränen rannen ihr wie aus einem Wasserhahn die Wangen hinunter. Pina war allein. Ganz allein im Meer. Wie lange sie dort stand, wusste sie nicht. Sie dachte an Rov. Warum war er nicht bei ihr? Warum? Auch was in diesem Moment geschah, wusste sie nicht. Von da an hatte sie eine Türe fest hinter sich zugeschlossen. Eine dicke, harte Panzertüre. Die nie mehr aufgehen sollte. Sie erinnerte sich noch, dass es der letzte Tag in Israel sein sollte. Sie musste auch an diesem Tag zurück in den Kibbuz. Sie weiß noch, wie sie ganz alleine, ihre Kollegin blieb noch im Beduinendorf, in den großen Bus stieg, der an einer Haltestelle wartete. Pina kam sich wie eine Ameise vor. Sie hatte Angst, dass irgendeiner, der unter den arabischen Gewändern versteckt war, sie zertrampeln und zerstampfen würde.

Pina setzte sich ganz nach hinten. Sie wollte nicht gesehen werden. Sie wollte einfach schnell weg von hier. Einfach weg.

Weg von dem Geschehen. Weg von dieser fehlenden Nacht. Weg. Sie verlor jegliches Denken, jegliche Gefühle. Pina hat sich im Meer der Tränen verloren.

Pina musste wieder in die Schweiz zurück.

Sie hatte eigentlich vor, zu einem späteren Zeitpunkt wieder zurück nach Israel zu gehen. Bis heute war sie nie mehr da. Sie wäre gerne nach Bethlehem gefahren, um im Kinderspital zu arbeiten. Als sie zurück in der Schweiz war, stellte sie in Immensee bei den Patern einen Antrag für Entwicklungshilfe. Irgendwie hatte sie dann den Faden zu diesem Projekt abgebrochen. Sie wollte unbedingt wieder nach Israel zurück. Doch das war nie mehr der Fall.

Zurück in der Schweiz hatten alle Freude, dass Pina wieder da war. Sie wurde sogar bewundert, weil sie so braun war. Sie trug immer noch ihre Hippiekleider. Das schön bestickte Jäckchen von den Beduinen war ihr Lieblingsstück. Nie hatte Pina irgendjemandem von ihrer fehlenden Nacht erzählt. Sie behielt dieses große, traurige Geheimnis fest verschlossen viele Jahre bei sich. Sie verdrängte es regelrecht und merkte nicht, wie diese fehlende Zeit ihr Leben beeinflusste. Pina war nicht mehr Pina. Sie besuchte viele Konzerte in der Schweiz. Damals kamen die ganz Großen noch ins Hallenstadion nach Zürich, oder nach Basel. Santana, Pink Floyd, Stevie Wonder, Rolling Stones, The Doors, Supertramp, Manfred Man Band, usw. Alle diese Konzerte besuchte Pina. Es war ihre Welt. Die Musik half ihr, glückliche Momente zu verbringen.

Blumenkind

Pina brach aus ihrer Erziehung heraus. Zuerst verschrieb sie sich weiterhin den Pferden, die sie schon während der Schulzeit regelmäßig pflegte. Reiten war Pinas Leidenschaft.

Das mit den Pferden war ebenfalls eine von Pinas Lieblingszeiten. Sie liebte diesen Geruch und die wunderschönen Tiere.

An der Stelle eines Pferdes, kaufte sich Pina ihren Citroen 2 CV. Sie hatte während Ihrer Schulzeit viel Geld verdient mit ihren Ferien und Nebenjobs, die es damals noch gab. Es folgten Hippiekleider. Haschischrauchen. Opiumpfeifen wurden herumgereicht. Diese Pfeifen liess Pina aus. Einmal versuchte Pina Kokain. Sie war in der Lehre. Ihre Kolleginnen aus der Stadt hatten regelmäßig Kokainkonsum. Doch Pina konnte damit nichts anfangen. Sie mochte es nicht, ihre Kontrolle an diese Droge abzugeben. LSD-Tripsli schlucken war hingegen nicht schlimm, meinte sie. Die waren klein und rein. Bis sie tatsächlich einen von schon vielen Freunden erzählten Horrortrip erlebte. Doch als Pina den Kampf gegen LSD gewonnen hatte, wusste sie, es kann kommen, was will, ich überlebe.

Tatsächlich schluckte Pina ihren letzten LSD-Filz, als sie den Kampf gegen den LSD-Trip gewonnen hatte. Der Trip endete gegen acht Uhr morgens in ihrem Bett. Es war Sonntagmorgen.

LSD befahl Pina fast die ganze Nacht, aus dem obersten Stock vom Hochhaus zu springen. Es war der reinste Horror. Pina holte sich immer wieder zurück, kurz bevor sie springen sollte. Der Trip fuhr langsam aus ihrem Körper heraus. Dann wusste Pina, das war das letzte Mal.

War es dann auch.

Pina wollte immer weg... Eigentlich wollte Pina weg von sich selbst. Sie wusste es nicht. Und sie wusste einfach nicht wie. Sie verdrängte viele Erlebnisse. Sie waren eine großartige Gruppe. Die Jungs waren alle sehr hübsch und cool. Die Mädchen ebenfalls. Sie hatten eine so richtig schöne Zeit zusammen.

Dann traf Pina ihre vermeintliche große Liebe und die Welt war für sie rosarot, doch würde bald mit dunklen Flecken beschattet werden. Sie lebte drei Jahre mit ihm zusammen. Zu jung für eine Zukunft mit ihrer Liebe, verließ sie ihren Freund und gab ihr ganzes Leben auf. Ihre damalige Liebe zu verlassen, brach ihr das Herz. Pina ließ alles hinter sich. Ihren tätowierten Stern ließ sie in Zürich auf der Dermatologie operativ entfernen. Sowieso war in dieser Zeit eine Tätowierung sehr, sehr suspekt. Dann noch bei einer jungen Frau. Es war die Zeit, wo noch nicht viele Leute Tattoos hatten. Seemänner oder Leute aus dem Gefängnis oder solche, die in der Fremdenlegion waren. Meistens halt Männer. Auch ihren goldenen Halbmond mit dem Brillanten in der Nase hatte sie herausgenommen. Ebenfalls gab es damals selten junge Leute mit Nasenschmuck. Sie wurde oft gefragt, ob sie in Indien war. Pina war eine der Ersten und sowieso: Pina war nicht die Norm.

Also verließ Pina die schöne Wohnung mit dem riesigen Garten und zog in eine Eineinhalbzimmerwohnung. Freunde übersiedelten an einem Dienstagmorgen alles von einem Dorf in ein anderes.

Sie vermisste den wunderschönen Kirschbaum, der direkt vor ihrem Schlafzimmerfenster gepflanzt war, sehr. Ein wunderschöner Baum. Überhaupt, Pina mochte schon immer Bäume. Egal welche. Bäume waren für Pina Freunde. Sie hatte auch einen Lieblingsbaum. Der war in einem anderen Dorf. Zusammen mit ihrem Hund besuchte sie ihn fast jeden Tag. Sie setzte sich unter diesen Baum und fing an, mit ihm innerlich zu sprechen. Ja, der Baum gab Pina großen Halt. Sie ging liebend gerne in den Wald spazieren. Angst hatte sie nie bis zu dem Tag, als Pina um ihr Leben rannte.

Wald

Wieder einmal ging Pina mit ihrem Hund in dem Wald spazieren. Sie ging immer um dieselbe Zeit. Das war ihr damals nicht bewusst und war für sie auch in Ordnung. Sie hatte sowieso keine negativen Gedanken. Sie hatte ihr Buch in den Händen. Dieses Buch war immer bei ihr. Es war die Bibel. Die Bibel half Pina in dieser Zeit. Sie war ihr ständiger Begleiter. Pina las darin und fand Stellen, die sie für sich annehmen und verstehen konnte.

Es war Winter und sehr kalt. Pina lief zusammen mit ihrem Hund durch den Wald, weg vom Weg. Das liebte sie besonders. Durch das Dickicht zu stapfen und zusammen mit ihrem Hund die Natur zu genießen. Plötzlich hörte Pina im Innern eine Stimme, die ihr sagte, sie solle wieder auf den Weg zurück. Pina horchte in sich hinein. Es war eher ein Gefühl als eine Stimme. Sie wusste es in dem Moment nicht. Irgendetwas warnte sie, und zwar so stark, dass sie es bemerkte. Pina schaute sich um. Sie bekam ein ungutes Gefühl und bemerkte erst jetzt, dass sie ja nicht auf ihrem Weg war. Sie lief quer durch den Wald, fernab von einem Weg. Als sie sich entschloss umzukehren, sah sie weiter vorne eine Gestalt. Die Gestalt kam direkt auf Pina zu, und zwar sehr schnellen Schrittes. Irgendwie war diese Gestalt nahe. Dann fing Pina an zu rennen. Sie rannte so schnell, dass sie fast aus ihrem Gummistiefel lief. Sie rannte, als ob es um ihr Leben ginge. Sie kam sich später vor wie der Däumling aus dem Märchen, der sprang doch auch so schnell und verlor fast seine Stiefel. Pina rannte und ihr junger Hund fand das lustig. Er dachte wahrscheinlich, dass Pina mit ihm spielen wollte. Pina sah kurz nach hinten und entdeckte den Mann, der ihr folgte. Er folgte ihr tatsächlich. Endlich. Sie war wieder auf dem Weg,

sprang immer noch ganz schnell. Dann, als sie um eine Wald-
kurve rannte, standen wie ein Geschenk eine Frau mit ihrer Tochter und einem Schäferhund vor ihr. Dort blieb Pina
stehen und außer Atem sagte sie zu den beiden: „Ein Mann
verfolgt mich, ich habe Angst." Schon war der Mann bei den
drei Frauen, es war eine Biegung, so stand er vom Springen
heraus vor ihnen. Pina traute ihren Augen nicht. Es war ein
Mann, den sie vom Sehen her kannte. Sie war so erschrocken von der Erkenntnis, dass sie zu ihm sprach: „Was Du?
Warum erschreckst du mich so? Spinnst Du denn?" Die Frau
und ihre Tochter beobachteten die Szene und Pina sagte zu
ihnen, dass es gut sei. Sie kenne diesen Mann. Die Frau und
die Tochter gingen etwas unsicher und verwirrt weiter nach
dieser Begegnung. Pina wusste in dem Moment nicht, was in
sie gefahren war. Woher sie diese überlegene Sicherheit gegenüber diesem Mann, der sie soeben verfolgt hatte, nahm. Es
war ihr ein Rätsel. Pina zitterte noch immer und der Mann
war weiß im Gesicht, wie ein Leinentuch. Aber Pina spürte
wie schon so viele Male in ihrem Leben dieses tiefe, sichere
Urvertrauen. Sie wusste einfach, es ist gut. Wieder einmal
war sie in Liebe zu einem Menschen, der sie so erschrak. Sie
richtete sowieso immer ihre Gedanken dem Guten entgegen.
Sie sprach mit ihm über Gott und die Welt. Nebeneinander
liefen sie den Waldweg entlang. Er sei lediglich auf seinem
Heimweg. Er laufe immer da durch. Sie wusste, dass er nicht
die Wahrheit sprach. Pina lief zusammen mit dem Mann den
Weg entlang, aus dem Wald heraus. Pina, heilfroh wieder auf
der offenen Straße zu sein, verabschiedete sich von diesem
Mann, behielt diese Begegnung für sich. Von da an ging sie
immer zu verschiedenen Uhrzeiten in den Wald, den sie sehr
lange Zeit nicht mehr aufsuchte. Sie erinnerte sich aber noch
ganz klar, wie sie mal an einem Tisch in einem Restaurant ihren Freunden erzählte, dass sie jeden Tag um diese Zeit mit
ihrem Hund in den Wald ginge. Dieser Mann saß nebenan
und hatte zugehört.

Gefangen

Pina traf auf verschiedene Menschen in ihrem Leben. Schon als kleines Mädchen vertraute Pina(fast)jedem, der ihr begegnete. Durch ihre Erziehung war sie meistens sehr folgsam und pflegeleicht. Weder Lügen mochte sie noch Ungerechtigkeiten. In jedem Menschen sah Pina nur das Gute, und das weniger Gute interessiere sie überhaupt nicht. Pina war nicht dumm, nein, sie war aber ab und an naiv.

Ein Freund musste jemanden in einer anderen Stadt besuchen. Er wollte, dass seine Freundin und Pina auch mitkamen. Pina war die Fahrerin, weil sie ja eine der Einzigen war, die damals ein Auto besaßen. Als sie losfuhren, erklärte der Freund, dass sie jemanden im Gefängnis besuchen würden. Pina war das eigentlich nicht egal, aber wie immer war sie offen und neugierig auf das, was da kommen sollte. Sie hatte noch nie Kontakt mit einem Gefängnis oder mit jemandem, der im Gefängnis war. Also fuhren sie los. Von diesem Moment an fuhr Pina drei Jahre lang jede Woche in dieses Gefängnis.

Sie hatte keine Ahnung, was dieser junge Mann, der hinter Gittern war, verbrochen hatte. Es interessiere sie nicht. Warum sie damals dorthin fuhren, wusste sie nicht. Vielleicht sollte es nur ein Besuch sein. Vielleicht gab es einen anderen Grund.

Das wusste Pina nicht.

Es war schon sehr eigenartig, plötzlich ein richtiges Gefängnis zu betreten. Wie die erste Begegnung damals war, das weiß Pina nicht mehr so genau. Sie weiß nur, dass dieser Mann, als sie das Gefängnis beim ersten Besuch verlassen hatten, (sie und ihre Kollegin durften nicht in den Besucherraum, nur der Freund der Freundin), ihren Namen rief und hinter einem der Gefängnisfenster war und rausschaute.

Pina fuhr tatsächlich von da an jede Woche einmal in dieses Gefängnis, um diesen Menschen zu besuchen. Jedes Mal wurde sie von einem Aufseher durchsucht. Sie durfte eine Tafel Schokolade und eine Packung Zigaretten abgeben, als Geschenk für den Insassen. Mehr war nicht erlaubt. Pina musste ihren Besuch bei dem Gefangenen auch immer vorab ankündigen. Da es keine Handys gab, musste sie immer den schwarzen Telefonhörer an irgendeiner Wand finden, damit sie den Betreuern mitteilen konnte, um welche Zeit sie da war. Die Regeln waren klar und die Besuchszeiten standen fest. Phil, der Insasse, hatte eigentlich keinen Kontakt mehr zur Außenwelt. Er erzählte Pina, dass er mit der Familie keinen Kontakt mehr habe. Das kam nicht von ihm, das wollte die Familie so. Ebenfalls hatte er auch keine Freunde mehr draußen, außerhalb der Gefängnismauern. Lange Zeit wusste Pina nicht, warum er in einem geschlossenen Gefängnis saß. Es interessierte sie auch nicht wirklich. Der Mensch war ihr wichtig. Sie hatte schon damals keine Vorbehalte und nahm jeden Menschen so, wie er war, oder so, wie er eben sich zu zeigen vermochte. Pinas Besuche bei diesem Insassen waren wahrscheinlich sehr wertvolle Stunden für ihn. Auch Pina ging gerne dorthin. Diese Zeit eins zu eins mit diesem Menschen war sehr wichtig. Phil hatte ihr das einmal in einem Brief an sie geschrieben. Es erreichten Pina viele Briefe aus den Gefängnismauern. Sie waren immer alle sehr schön verziert mit Zeichnungen von Phil. Dass Pina jede Woche in diese Stadt fuhr, wo dieses Gefängnis war, hatte wieder einmal mit dem Ruf des Lebens von Pina zu tun. Pina folgte wie schon so oft ihrer Herzensstimme. Überhaupt, Pina merkte schon lange, dass sie unter einem sehr guten Stern lebte. Sie war und ist einfach ein Glückskind. „Ich bin einfach ein Glückspilz." Diese Worte sagte sie immer wieder. Obwohl Pina sehr viele unschöne Momente in ihrem Leben hatte, sie wusste einfach das Positive daraus zu nehmen. Was andere Leute über andere Menschen zu Wissen glaubten und welche negativen

Geschichten sie erzählten, Pina hörte zu, doch ging sie ihren Weg. Egal. Sie spürte schon als kleines Kind ihre innere Kraft. Ihre innere Sicherheit. Ihre innere Freiheit. Ihre innere Stärke.

Schon als kleines Mädchen lebte Pina in ihrer Welt. Das Innenleben war für sie eine wunderschöne Welt. Ihr selbst gestalteter, wunderschöner Garten. Ihre Heimat. Ihre Sicherheit. Dieser Garten musste das Paradies sein. Das Universum. Das Ein und Alles.

Ein früherer Arbeitgeber zitierte einmal Pina zu sich. Er schaute Pina tief in die Augen und fragte sie: „Sag mal Mädchen, wie tief kann man eigentlich in deine Ehrlichkeit schauen?" Dieser Arbeitgeber war nicht einfach ein Arbeitgeber, nein, er war ein bekannter Fabrikant. Ein weltoffener Mann, bei dem Pina eine ihrer damaligen Arbeitsstellen bekam, als sie jung war.

Drei Jahre also besuchte Pina diesen Mann im Gefängnis. Als der Mann ihr dann erkläre, dass er in ein anderes Gefängnis gehen möchte, dass er den Antrag gestellt hätte und dass das wahrscheinlich funktionieren würde, war das für Pina natürlich schön. Doch als dieser Mann dann die Séparées erwähnte, wo sie dann auch ungestört und alleine sein könnten, ohne Wärter und Aufsichtspersonen, erkannte Pina, dass dieser Mensch hinter den Gefängnismauern andere Absichten pflegte als ihre freundschaftlichen Besuche. Sie hatte in ihrer Naivität gar nicht daran gedacht, dass bei diesem Menschen ganz andere Abläufe stattfinden würden als bei ihr. Für Pina waren diese Besuche nichts anderes als normal und rein freundschaftlich. Dass der Insasse mehr erwartete, war ihr in diesem Moment klar geworden. Es kamen ihr auch die Worte in den Sinn, die ihr einmal ein Aufseher gesagt hatte, ganz anfänglich ihrer Besuche in diesem Gefängnis. Der Aufseher folgte ihr nach draußen und sagte zu Pina: „Es ist sicher nett, dass Sie diesen jungen Mann besuchen kommen, doch passen Sie auf, man weiß nie, wie die ticken, wenn die wieder draußen sind." Diese Worte hörte Pina damals, gab ihnen aber kein Gewicht. Dann plötzlich waren diese Aussagen des Aufsehers sehr präsent. Pina merkte, dass die Zeit des Abschieds gekommen war. Pina fuhr nicht mehr jede Woche in dieses Gefängnis. Sie gab sich und diesem Menschen noch genügend Zeit, um diese Situation zu klären. Phil musste sich wohl damit abfinden.

Sie ging noch ein paar Mal dorthin. Dann schrieb sie noch einige Briefe und beendete diesen Kontakt.

Irgendwann wusste Pina auch, warum dieser Mensch im Gefängnis war.

Für Pina war es nach wie vor einfach Phil, den sie drei Jahre lang im Gefängnis besuchte. Sie mochte ihn in diesen Momenten der Besuchszeiten. Ob sie ihn auch in der Freiheit getroffen hätte, das kann Pina nicht beantworten. Es war eine Begegnung, die für zwei Menschen in diesen Momenten und in diesen Umständen die Richtige war.

Pina bekam noch ein paar Mal Post von Phil. Dann hatte er es auch verstanden. Pina wusste das zu schätzen. Phil akzeptierte oder musste den Entscheid von Pina akzeptieren.

Pina hoffte und glaubte einfach, dass es für Phil eine wertvolle Zeit war, zusammen mit ihr die wenigen Besuchszeiten, die er hatte, zu verbringen. Mit all den Gesprächen und dem Austausch der beiden.

Dann kam der letzte Brief aus dem Gefängnis. Ja, Phil hat sich bei Pina bedankt. Er schrieb ihr, dass er ein ganz anderes Frauenbild erhalten hätte. Für Pina war dieser Brief sehr wertvoll. Sie wusste, dass diese Besuche bei diesem Menschen nicht umsonst waren.

Wo Phil jetzt ist, weiß Pina nicht. Sie wusste einfach, dass er bald in die Freiheit entlassen würde. Einmal hatte er ihr gesagt, dass er nicht in der Schweiz bleiben würde, wenn er entlassen wird.

Computerfreak

Eine eigenartige Geschichte erlebte sie mit Per. Per war eigentlich ein narzisstischer, selbstverliebter, egoistischer Mann.

Er war nicht böse und ein weiteres Mal mehr sah Pina nur wieder das Gute im Menschen.

Für Pina gab es nach wie vor keine bösen Menschen.

Irgendwie kam es Pina vor, als ob sie etwas Ungutes vor sich stehen gehabt hätte. Das kam ihr aber erst viel später so vor. Das Ungute gehört zum Leben wie alles andere auch. Es gibt Schwarz, es gibt weiß. Es gibt Sonne, es gibt Mond. Es gibt Tag, es gibt Nacht. Man soll die Dinge so einfach wie möglich machen, aber nicht einfacher. „Albert Einstein". Dieser Mann faszinierte Pina einfach. Sie konnte es sich selbst nicht erklären. Vom Aussehen her, von seiner Art her, ... überhaupt. Irgendetwas zog sie magisch und immer wieder zu diesem Menschen hin. Es begann ein sehr gefährliches Spiel. Ganz harmlos fing das Ganze an. Pina erinnert sich noch, als dieser Mann sich das erste Mal per Handy bei ihr meldete.

Pina hatte diesen Mann mal in Genf in einem Musikgeschäft gesehen, für das er gearbeitet hatte. Schon dort fragte sich Pina, was mit ihr los sei. Dieser Mann kam in das Geschäft, die beiden kannten sich nicht und haben sich auch noch nie gesehen. Pina kaufte sich dort ein Programm, um selbst CDs aufzunehmen, von dem sie eigentlich gar nichts verstand und mit dem sie auch nie so richtig umgehen konnte. Es war für sie und ihre Arbeit nicht das Richtige. Wie eine Wucht, ein heftiger Orkan, so kam es Pina vor, kam dieser Mann in das Geschäft. Pinas Herz fing an, heftig zu pochen. Eigentlich dachte sie, alle, die da drin waren, müssten das gehört haben. Sie zitterte am ganzen Körper. Pina wusste nicht, was da eben passierte. Es war nicht Angst, es war wie ein Riesendonner, ein Feuer. In diesem Moment kam ihr „Herr der Ringe" in den Sinn. Als Frodo sich im Graben versteckte und die schwarzen Reiter mit ihren Pferden vorbeiritten. Ein Moment des Schreckens. Ein Moment, wo man den Atem anhalten musste. Ein Moment, wo man am liebsten sterben wollte, um nur nicht von dieser Macht entdeckt zu werden. Dieser Mann nickte ihr kurz zu. Dann war er auch schon wieder weg. Pina musste sich von dieser eigenartigen Begegnung erholen. Ein noch nie dagewesenes Gefühl erlebte Pina durch diesen unbekannten Menschen.

Dann brauchte Pina jemanden, der ihr dieses Programm erklärte, denn es funktionierte überhaupt nicht so, wie sie es sich vorgestellt hatte. Der junge, sehr nette Verkäufer von dem Musikgeschäft gab Pina die Telefonnummer eines Musiklehrers, der angeblich junge Musiker unterrichten sollte. Der verstehe dieses Programm, und sie solle ihn doch anrufen.

Das tat Pina auch. Es kam der Beantworter. Dann den Rückruf des angeblichen Musiklehrers. Ihr Handy klingelte und Pina wusste nicht, warum sie wieder dieses eigenartige Gefühl hatte, wie damals in diesem Geschäft, wo sie das erste Mal diesen Mann sah. Sie zitterte am ganzen Körper und dieses eigenartige Gefühl war das zweite Mal bei ihr. Sie wusste in diesem Moment, das musste er sein. Der Mann, der kurz in das Geschäft kam, als sie das Programm kaufte. Tatsächlich war es dieser Mann. Pina konnte sich nichts erklären. Sie war wie gelähmt. Sie war wie ferngesteuert. In was für eine Macht war sie da geraten? Sie wusste es nicht. Pina erklärte diesem Mann ihr Problem mit dem Programm. Sie haben sich verabredet. Pina war noch erstaunt, dass dieser Mann sagte: „Ich komme zu ihnen nach Hause." Pina dachte, dass er doch Musiker unterrichtete und so seine Räumlichkeiten haben musste. Sie fragte nicht weiter nach. Sie wollte endlich, dass dieses komplizierte Programm ihr den Dienst erwies, den sie für ihre Arbeit brauchte.

Also kam dieser Mann eine Woche später zu ihr nach Hause. Es war dieser Mann aus dem Geschäft. Ja, er war es. Von da an verlor Pina fast jegliche Kontrolle über ihr Leben und ihre Gefühle. Sie war nicht mehr sie selbst. Sie konnte nicht mehr so reagieren, wie sie eigentlich wollte. Irgendwie war Pina von diesem Zeitpunkt an so etwas wie hörig. Jedes Mal, wenn sie diesen Menschen traf, war sie wie gelähmt. Als ob sie ein anderes Wesen wäre, eine andere Rolle spielen musste, die nicht zu ihr gehörte.

Als ob sie sich verwandelte. Es war, als ob die ganze Dunkelheit emporkroch und Pina fangen wollte. Im Nachhinein wusste Pina, dass sie so etwas wie einen Schutzmechanismus hatte. Unbewusst wurde sie geschützt. Geschützt vor einer Welt, die nicht ihre war. Eine Sphäre, die gewisse Menschen aufsuchten. Pina lebte damals, als sie diesen Mann traf, gefährlich.

Dieser Mann musste doch diese Unsicherheit sofort erkannt haben. Denn solch abgebrühte Menschen wissen doch genau, wie junge Mädchen ticken. Also vermutlich einfaches Spiel, dieses junge Mädchen zu manipulieren. Pina konnte das später nicht anders nennen. Manipulation.

Ein leichtes Spiel für einen solchen Mann.

Dachte er.

Doch Pina wäre nicht Pina gewesen, wenn sie nicht von all ihrem ganzen Licht durch diese Zeit hindurch begleitet worden wäre. All ihre Helfer, Chamis und Effe, die beiden Eulen. Ihre schamanische Trommel. Ihre schamanischen Helfer, ihr Mentor, ihre Räucherstäbchen und Räuchersalze. Ihr Lichterschutz um sie herum, den sie immer dabeihatte, wenn sie ihn brauchte; sie brauchte ihn nur zu aktivieren. Ihr inneres Wissen. Ihr Wissen über die Schöpferkraft in ihr drin. Sie wusste, wie wertvoll ihr Gedankengut schon damals war.

Pina hatte schon immer ihren eigenen, inneren Wegweiser. Ihren inneren Plan. Sie sagte immer, ich gehe mit dem Leben mit. Sie war sich immer so sicher in sich selbst. Sie war so etwas von stark. Sie hatte ihr Urvertrauen schon immer in sich.

Nur wusste sie das lange Zeit nicht. Sie hatte es auch mal verloren, damals in Israel, als sie ihre Türe fest verschloss.

Manchmal wirkte Pina so unsicher und die Menschen unterschätzten sie immer und immer wieder. Pina war auch eine gute Schauspielerin. Sie konnte sich anpassen. Das schönste Kompliment, das Pina von einem ehemaligen Freund bekam, war, als er ihr sagte: „Du bist wie ein Chamäleon. Einmal so, einmal so. Man weiß nie, wer du wirklich bist." Das stimmte haargenau. Das war so. Pina konnte sich anpassen. Pina konnte sich in Situationen hineinversetzen. Pina konnte, wenn sie wollte, in eine Rolle schlüpfen und loslegen. Pina spielte ihre Rollen immer sehr, sehr gut.

Pina sah das Leben sowieso wie ein großes Theater an. Die Äußerlichkeiten waren für sie schon lange nicht mehr wichtig, wenn sie es je einmal gewesen waren. Pina pflegte zu sagen: „Ob ich in einer Höhle lebe oder in einem Palast, beides würde ich annehmen und dankbar sein, dass ich überhaupt leben darf; dass ich dieses Geschenk bekommen habe, auf dieser Welt zu sein."

Ja, das war Pina. Sie lebte gerne. Sie war ein Sonnenkind. Ein Glückspilz.

Dann versuchte dieser Per, Pina dieses Programm zu erklären. Doch auch bei ihm funktionierte es nicht richtig. Sie konnte einfach ihre eigenen CDs nicht aufnehmen. Es stoppte immer wieder bei einem Dokument. Irgendwann erkannte Per, dass dieses Programm nicht mit einem Acer kompatibel war.

So empfahl er ihr, zu Macintosh zu wechseln. Das machte sie auch. Per installierte ihr die ganze Computerangelegenheit. Er könne das. Schließlich hätte er in jungen Jahren bis frühmorgens mit einem Computerspezialisten, der sein Freund war, Installationen gemacht.

Dieser Per musste immer und immer wieder wegen irgendeines Problems zu Pina kommen. Sie war jung und hatte keinen Freund. Pina fing an, sich auf die Besuche von Per zu freuen.

Wieder einmal hatte sie eine Begegnung mit einem Mann, der ganz andere Absichten hatte als sie.

In jungen Jahren war Pina sehr hübsch. Sie hatte nie Mühe, eine Beziehung einzugehen, wenn sie das wollte. Sie hätte viele Beziehungen beginnen können. Doch das war nicht die Art von Pina. Wenn sie eine Beziehung hatte, dann war es diese und genau diese in dem Moment, und es gab niemanden anderes als diesen Menschen. Lieber verbrachte sie ihre Zeit mit einem guten Freund oder einer lieben Freundin, als dass sie sich in irgendeine Beziehung stürzte, um eine zu haben.

Per fing an, so komische Sachen zu sagen. Pina traf ihn auch einige Male in der Stadt.

Er tat immer so, als ob er von Pina nichts wollte. Als ob er nicht an ihr interessiert wäre.

Dann begann er per E-Mail mit ihr zu kommunizieren. Meistens spät abends. Pina kam sich vor wie eine Süchtige. Sie wartete auf diese E-Mails von Per. Auch gab sie sofort Antworten auf seine komischen Fragen.

Er schrieb liebe, nette Worte, auf die Pina Antwort gab. Da kam postwendend eine Boshaftigkeit hervor, die sie nicht kannte. Anfangs war sie erschrocken und unsicher über diese Reaktionen.

Es ging lange, doch es war der reinste Alptraum. Pina kam sich noch nie in ihrem Leben so unverstanden vor. Sie wollte ihm etwas erklären und er machte sie klein, wo er nur konnte. Es kam Pina vor wie Zuckerbrot und Peitsche.

Dann sprach er nur noch über Sex. Er wollte wissen, ob Pina sich Pornofilme anschauen würde. Er wollte sie über Sex ausfragen. Er erzählte ihr Geschichten von Frauen, die für ihre Männer junge, minderjährige Mädchen mieteten. Alles so eigenartige Sachen. Pina hörte ihm zu, stellte keine Fragen. Er hätte Schulden gehabt. Hohe Schulden. Die hätte er selbst zurückbezahlt. Er sagte: „Was Frauen können, kann ich auch." Er gab zu verstehen, dass er sich an ältere, reiche Frauen wandte, um sich für gewisse Dienste bezahlen zu lassen. Er beschimpfte Pina, dass sie ihn ausnutzen wolle. Dass sie eine Schlimme sei usw.

Einmal kam ein liebenswürdiges E-Mail. Nett hat er Pina geschrieben. Dann war ein Bild mit einem Reh und Tannen dabei. Er schrieb Pina, sie soll mal auf das Bild klicken, sie könne sich dann etwas wünschen. Pina, unbedarft, wie sie war, klickte natürlich auf dieses Bild. Es öffnete sich ein weiteres, liebliches Bild und man musste nochmals auf das Bild, wo die Türe war, klicken. Es kam ein Shop mit Damenreizwäsche zum Vorschein. Im gleichen Zug kam ein weiteres E-Mail, dass sie sich doch etwas aussuchen, sollte von den schönen Sachen. Er würde ihr das schenken.

Doch Pina schrieb sofort zurück. Nein, danke, sie sei mit ihrer Unterwäsche sehr zufrieden. Sie brauche und wolle nichts davon.

Es folgten wieder Boshaftigkeiten. Pina kam lange nicht von diesem Menschen los. Eigentlich lief alles oder vieles per Internet ab. Diese Schreiberei hin und her.

Ja, es war eine gewisse Abhängigkeit da. Pina wartete auf die E-Mails und reagierte sofort und schrieb zurück. Immer wieder Demütigungen und Sachen, die sie nicht verstand. Sie kam fast nicht von diesem ungesunden Verhältnis los. Auch dachte sie, dass ihr Computer manipuliert sei. Sie wusste da viel zu wenig. Nach einiger Zeit gelang es Pina, sich von diesem Menschen und den E-Mails fernzuhalten und der Schreiberei ein Ende zu setzen.

Bis plötzlich eine SMS kam, ob sie mit ihm einen Faschingsabend in der Stadt verbringen möchte. Er hängte noch „Ich liebe dich" dran.

Zu diesem Zeitpunkt war Pina nicht allein. Sie zeigte ihrem Freund diese SMS und erzählte ihm von dieser Geschichte. Ihr Freund machte nicht lange und Pina hörte nie mehr etwas von Per.

Der hatte sich von da an stillgehalten. Und Pina war wieder einmal mit einem blauen Auge davongekommen. Warum Pina immer in solche Situationen kam, war ihr damals noch ein Rätsel.

Tanzen

Als sie jung war, lernte sie alle Standardtänze, die es gab. Sie liebte es, tanzen zu gehen. Früher gab es diese Discos für Jugendliche. Es gab auch dieses Tanzlokal, wo so richtige Bands schöne Musik spielten. Schlager, Ländler, alles liebte Pina. In den Discos wurden Schallplatten aufgelegt. Da gab es Discos in Jugendheimen, jeden Monat einmal, am Freitag. Wie liebte Pina diese Abende. Sie konnte schon als junges Mädchen den ganzen Abend lang tanzen. Sie wurde immer und immer wieder aufgefordert. Ob es daran lag, dass sie wirklich kaum einem Jungen, später einem Mann einen Korb gab? Es war wirklich noch so, dass die Jungs oder Männer die weiblichen Wesen auffordern mussten, um einen Tanz mit der Auserwählten zu bekommen. Für die Männer nicht ganz so eine einfache Sache. Die wussten nie, ob sie einen Korb einfingen oder ob der Tanz in dieser Runde stattfinden konnte. Es könnte auch sein, dass Pina einfach gut führbar war, wenn sie es wollte, oder sie konnte halt einfach sehr gut tanzen. Anfangs fuhr sie mit ihrem Moped zu diesen Veranstaltungen, später hatte sie ihr eigenes Auto.

Pina besuchte immer wieder verschiedene Tanzkurse. Sie hatte auch da immer wieder Glück.

Als sie Salsa tanzen lernte, hatte der Tanzlehrer keine Partnerin, die mit ihm diese Kurse durchführen konnte. Pina hatte sich ohne Tanzpartner zu den Salsa-Kursen angemeldet.

Schon in der ersten Stunde konnte Pina zusammen mit dem Tanzlehrer die Schritte vorzeigen. Für Pina anfänglich sehr anstrengend. Der Tanzlehrer zeigte kein Verständnis für Pina. Schob sie hin und her, vor und zurück und das vor all den anderen, die ja ebenfalls wie Pina diesen Tanz lernen wollten. Auf jeden Fall lernte sie innert Kürze Salsa tanzen.

Wie sie es liebte, diese Musik, die vielen verschiedenen Figuren zu tanzen. Für Pina eigentlich eine Therapie. Sie tanzte und bewegte sich, hörte Musik und war glücklich.

Tango wurde zu ihrer großen Leidenschaft. Wie sie diesen Tanz liebte. Kein Vergleich mit all den anderen Tanzarten. Tango, eine Passion, eine Leidenschaft. Eine Liebe. Tango, die höhere Schule des Tanzes. Auch hier hatte sie immer ihren Tanzpartner. Eigentlich ein fester und zwei, die immer wieder zusammen mit Pina Tango tanzten.

Pina war dann, als sie sich von ihrer vermeintlichen großen Liebe verabschiedete, zwei Jahre lang in Trauer. Ein sehr guter Freund und seine damalige Freundin, die später seine Ehefrau wurde, holten sie immer und immer wieder ab in den Ausgang. Pina hatte sich im Dunkeln verkrochen und mochte nicht mehr am Leben teilnehmen. Nicht, dass sie nicht mehr Leben wollte, nein, das Leben gefiel ihr schon immer, sie wollte einfach ihre Ruhe haben und es interessierte sie nicht, was da draußen passierte. Ihr Herz war gebrochen und sie vermisste ihren liebsten Menschen unendlich. Er war ihr Alles. Ihr ganzes Leben. Pina ließ alles zurück. Ihr ganzes Leben hatte sie hinter sich gelassen. Ihr geliebtes Leben als Hippie war weg. Pina war seit dem Morgen, als sie in der Palmhütte erwachte, innerlich leer. Nein, sie war gestorben. Sie lebte nicht mehr ihr Leben. Sie wusste, dass etwas passiert war, und sie wusste auch, dass sie nicht wissen wollte, was es war. Sie wollte nur noch weg von sich selber. Sie wusste nicht mehr, wer und was sie war, wer und was sie sein sollte, welche Rolle sie im Leben spielen sollte. Was für ein Theaterstück zu ihr passen würde. Pina machte ihre Ausbildung und lebte ein Leben hinter einer Glaswand. Niemand bemerkte die innerliche Leere, die große Traurigkeit, die Pina mit sich trug. Pina litt und wusste lange Zeit nicht, dass ihr eine Nacht in ihrem Leben fehlte. Sie wusste es schon, doch das Verdrängen funktioniert in einem Zustand des Schocks sofort. Diese dicke, schwere Panzertüre, die Pina hinter sich verschlossen hielt...

Lange Zeit trug Pina diesen schweren Felsen auf ihrer Brust durchs Leben. Sie konnte fast nicht atmen. Alles war schwer und düster. Sie lebte hinter ihrer Glaswand in der Dunkelheit. Die riesengroße Last, dieser feste Druck, der auf ihrer Brust lag, ging einfach nicht weg.

Erst viele Jahre später konnte Pina ihr Trauma von damals auflösen. Sie brauchte Unterstützung von fremden Menschen und schaffte es tatsächlich nach vielen Jahren, sich an diese Nacht zu erinnern. Den körperlichen und seelischen Schmerz konnte sie erst nach vielen Jahren verabschieden.

Ja, Pina hatte es irgendwann tatsächlich geschafft.

Sie fand ihre Rolle als gesetzte Frau einige Jahre, viele Jahre später.

Pina ging ihren Weg. Sie wusste genau, dass sie vieles verdrängte. Sie wollte sich befreien. Sie wollte den schweren Felsen, die riesige Last auf ihrer Brust loswerden. Sie wusste nicht, wie.

Kapuziner

Als Pina einfach nicht mehr weiterwusste, klopfte sie tatsächlich an die alte Holztüre von dem Kapuzinerkloster.

Ein Bruder öffnete die Türe. Pina war von dem Mann überrascht. Er trug langes Haar, zog sein Bein nach und wollte Pina hereinbitten. Pina aber überkam plötzlich ein mulmiges Gefühl. Sie erinnerte sich plötzlich an Jerusalem. Dort, wo sie mit Rov zum Araber ging. Dort, wo die Türen hinter ihnen verschlossen wurden.

Sie verneinte. Ging. Das hatte nichts mit dem Bruder zu tun, nein, eher hatte Pina große Angst, der Wahrheit näher zu kommen. Pina brauchte einen zweiten Anlauf. Diesmal war es ein anderer Bruder, der die Türe öffnete. Sie hätte gerne den Bruder getroffen, der ihr das erste Mal die Türe öffnete. Pina machte den Schritt über die Schwelle und war im Kapuzinerkloster. Sie sah einen schönen Hof und wurde freundlich gebeten zu warten.

Vorab erzählte sie dem Bruder, warum sie da sei.

Dann kam der Bruder, der ihr Unterstützung geben konnte. Pina erinnerte sich an ihre Kindheit. Jeden Monat kam ein Kapuziner mit brauner Robe ins Elternhaus. Pina bekam von ihm ab und an ein Kirchenbuchbildchen. Eines von denen, die sie später in der Schule sammelte.

Ein freundlicher Mann. Pina erzählte dem Bruder, warum sie hier wäre. Da Pina in etwas hereingeraten war, was sie sich nicht erklären konnte, brauchte sie nun tatsächlich Unterstützung. Der Kapuzinerbruder hörte sich die Geschichte von Pina in Ruhe an. Er wusste sofort, worum es sich handelte. Der Bruder sprach am Schluss ein Gebet und hielt die Hände über den Kopf von Pina. Pina durfte sich noch ein Kreuz aussuchen. Eines habe er mal von einem Behinderten bekommen, das war aus Ton und ganz klein. Eines hatte ein farbiges Glassteinchen in der Mitte und war aus Messing. Pina entschied sich für das Tonkreuz. Von diesem Zeitpunkt an war das Tonkreuz immer bei Pina. Sie bewahrte es in einem gestrickten violetten Beutelchen auf. Dieses Beutelchen wiederum war immer in ihrer Jeans eingesteckt. Es ging Pina besser. Einmal an Weihnachten backte Pina wie immer ihre vielen Weihnachtskekse. Jedes Jahr backte sie viele Sorten und verpackte diese Süßigkeiten in schöne Weihnachtstäschchen. Am 24. Dezember ging sie für ein paar Stunden diese selbst gebacken Weihnachtskekse verteilen. Es waren ihre liebsten Freunde, die eines bekamen, und sie wünschte frohe Weihnachten. Ab und an kamen neue Menschen dazu, andere fielen weg. Dieses Ritual machte Pina viele Jahre lang sehr gerne.

Diesmal wollte sie auch ins Kapuzinerkloster gehen und dem Bruder frohe Weihnachten wünschen. Der Bruder war aber nicht mehr im Kloster. Er wurde versetzt. Pina fand ihn nicht und war ein wenig traurig. Sie wollte ihm Danke sagen.

Eines Tages, als es Pina wieder einmal nicht so gut ging, besuchte sie einen Eremiten, von dem sie gehört hatte. Sie wusste, es war der Bruder vom Kapuzinerkloster. Es war Frühling und ein sonniger Tag. Für Pina war es, als ob sie nach Hause kam, als sie bei dem Eremiten war. Von da an hatte Pina einen menschlichen Freund. Einen Menschen, zu dem sie wusste, dass sie immer gehen konnte. Sie ging in ihrem Leben wenige Male zu diesem Bruder. Pina wusste, dass dieser Mann sehr viel Gutes tat.

Sie spürte, dass das Gebet, in das er Pina sicher jeden Tag einband, wirkte. Der Eremit war glücklich in seiner Tat. Für Pina war er ein großer Halt, ein stiller Freund.

Bald aber wurde dieser Eremit wegberufen. Er bekam eine andere „Stelle“. Das Leben wollte ihn dort haben. Besser gesagt, seine Obrigkeit wollte das so. Pina ging ihn nach langer Zeit dort besuchen. Er war glücklich und hatte sogar einen

Ofen und eine warme Stube. Ebenfalls hatte er das erste Mal, wenn nicht viel, aber einen richtigen Lohn. Doch diese Zeit dort sollte ihm nicht lange gewährt sein. Er wurde wieder weg berufen.

Eine Ordensfrau machte ihm das Leben schwer. Er war traurig, dass er gehen musste. Pina sah den Bruder nie mehr.

Erst viel später hatte Pina nochmals eine Begegnung mit ihrem Mentor.

Pina lebte gerne. Sie hatte viel Freude an Blumen, an Menschen und Tieren. Sie war eine gesellige Einzelgängerin.

Sie versuchte vieles und lange Zeit, um ihren Druck, ihren inneren Schmerz loszuwerden. Verlassenheit loszulassen, ihr eigenes wahres Ich wieder zu finden.

Manchmal gings besser, manchmal weniger gut.

Sie wollte eine Ausbildung zur Schamanin machen. Doch in dieser Zeit war das nicht so einfach und für Pina nicht möglich. Pina aber ging ihren Weg wie immer weiter, sie hörte auf ihre innere Stimme. Sie besuchte einen Schamanen auf eigene Faust. Dort lernte Pina sehr viel und fing an, ihren Wert zu erkennen. Der Schamane war ein wichtiger Zeitpunkt und ein wichtiger Einschnitt in Pinas Leben.

Sie las viele Fachbücher und hörte sich CDs über Schamanismus an. Podcasts kannte man noch nicht in dieser Zeit. Sie lernte viel. Sie lernte selbst schamanische Reisen zu erleben. Später gab Pina selber Kurse. Pina lernte ihr/e Krafttier/e kennen. Von da an begleiteten sie die beiden Eulen, Chamis und Effe. Eine weiße, wunderschöne, edle Schneeeule und eine zerzauste, braune, etwas dünnere Eule mit schönen Zeichnungen in den Federn. Beide waren sie immer bei Pina. Viele Rituale aus dem Schamanismus haben Pina geholfen.

Ihre erste Reise war wirklich beeindruckend. Ein kleiner Ausschnitt vom 8. August.

Ich erzähle die wunderschöne Geschichte einer nicht mehr gar so jungen Frau. Diese Frau übte sich in schamanischen Reisen. Sie lernte die Unterwelt kennen. Sie fühlte sich dort ein. Erkundete ihren Weg bis zum Licht.

Sie lernte die Oberwelt kennen. Sie sah sich auch dort intensiv um. Auch die ihr bestens bekannte mittlere Welt durchstreifte sie und entdeckte viel Neues.

Sie begegnete ihrem Krafttier. Erfuhr sogar den Namen und schloss sofort Freundschaft mit ihm. Es lebte in der unteren Welt. In der oberen Welt begegnete sie ihrem menschlichen Helfer. Zu ihrer Überraschung war es ein sehr netter junger Mann, den sie einmal kurz kennenlernte in der mittleren Welt. Auch mit ihm schloss diese Frau sofort eine vertraute Freundschaft.

Eines Tages legte sie sich hin und wollte nun endlich eine Reise erleben. Denn sie übte und übte und es gelang ihr einfach nicht irgendetwas, das sich schamanische Reise nannte, zu erkennen. Sie sah lediglich die ihr wohlbekannten Welten. Die untere, die obere und die mittlere Welt. Ebenfalls ihr Krafttier und ihren menschlichen Helfer.

Nun sollte es so weit sein. Sie gelangte sehr schnell durch die untere Welt. Am Ende des Weges öffnete sich die ihr bereits bekannte „Falltür" nach oben ans Licht. Dort erwartete sie bereits ihr Krafttier. Das Krafttier begrüßte die Frau und lud sie ein, zusammen die erste Reise anzutreten. Die Frau spürte sofort, dass es so weit ist. Ihre innere, tiefe Ruhe begleitete sie zusammen mit dem Krafttier durch die untere Welt, zurück zur mittleren Welt. Dort war das Feuer und die Frau setzte sich zusammen mit dem Krafttier oberhalb des Feuers auf den Rauch. Dieser brachte die beiden in die obere Welt. Dort wartete bereits der menschliche Helfer. Die Frau bat die beiden: „Zeigt mir meinen Weg." Das Krafttier und der menschliche Helfer schauten sich an und besprachen sich. Das Krafttier ging voraus, der Helfer dicht neben ihm, und die Frau folgte den beiden. Es war einfach ein stilles Wissen, das alle drei verband, ein Vertrauen.

Sie kamen an ein weites, offenes Meer, es lag auf der linken Seite. Rechts von ihnen war Sand. Weiter vorne, rechts waren Felsen. Nasse Felsen, Steine und felsiges Gebirge. Die Frau folgte dem Krafttier und dem Helfer, und beide blieben rechts und links vor einer Höhle stehen. Die Frau wusste und ging allein in die Dunkelheit der Höhle. Aber es blieb nicht lange dunkel. Als sie die Höhle betrat, wurde es hell. Die Frau sah einen Mann mit einem dunklen Umhang am Boden kauern, das Gesicht in den Händen vergraben. Er spürte die Anwesenheit der Frau, erhob sich und streckte seine Hände mit den Handflächen nach oben der Frau entgegen. Im selben Moment erkannte die Frau ein junges Gesicht. Das Gesicht war ihr bekannt. Sie wusste, wer dieser junge Mann war, und erkannte ihn. Sie sah, wie dieser Mann in den Händen Erde hielt. Die Erde fing an zu wachsen. Aus der Erde wuchs eine Wiese. Blumen, überall Blumen in wundervollen Farben. Mehr und mehr. Immer größer werdend. Im selben Moment des Wachstums spürte die Frau das Herz dieses Menschen. Es war unbeschreiblich, denn im selben Moment streckte die Frau ebenfalls ihre Hände dem Mann entgegen, auch sie trug Erde mit sich. Auch in ihren Händen sah sie, wie eine Wiese zu wachsen begann und Blumen. Sie spürte auch ihr Herz. Beide Wiesen wuchsen zu einer wunderschönen Frühlingswiese zusammen. So wie im selben Moment beide Herzen eins wurden.

Es war eine riesige, wunderbare Frühlingswiese, wunderschön, unbeschreiblich. Einfach riesig, überwältigend. Diese Frau spürte zum ersten Mal eine tiefe, wahre Liebe, so tief, dass sie es mit Worten nicht erklären konnte.

Von diesem Moment an erkannte sie ihren Weg.

Sie ließ keine Zeit mehr vergehen. Sie eilte zu diesem Menschen, den sie in der Mittleren Welt kannte und dankte ihm von Herzen.

EIN HERZ FÜR AUTOREN A HEART FOR AUTHORS À L'ÉCOUTE DES AUTEURS MIA KAPΔIA ΓIA ΣΥΓ
ON FÖR FÖRFATTARE UN CORAZÓN POR LOS AUTORES YAZARLARIMIZA GÖNÜL VERELIM S
POR AUTORI ET HJERTE FOR FORFATTERE EEN HART VOOR SCHRIJVERS TEMOS OS AUT
DÖNKERT SERCE DLA AUTORÓW EIN HERZ FÜR AUTOREN A HEART FOR AUTHORS À L'ÉCO
ΛΟ ВСЕЙ ДУШОЙ К АВТОРАМ ETT HJÄRTA FÖR FÖRFATTARE À LA ESCUCHA DE LOS AUT
ΚΑΡΔΙΑ ΓΙΑ ΣΥΓΓΡΑΦΕΙΣ UN CUORE PER AUTORI ET HJERTE FOR FORFATTERE EEN
DÖNKERT SERCE DLA AUTORÓW EIN HERZ FÜ
ΛΟ ВСЕЙ ДУШОЙ К АВТОРАМ ETT HJÄRTA FÖ

Die Autorin

Mirella Kennel Giacomini (Jahrgang 1960) ist in
der Schweiz geboren und aufgewachsen. Nach
der Schule schloss sie erfolgreich mehrere Aus-
bildungen ab und arbeitete in den erlernten
Berufen. Fünfundzwanzig Jahre lang war sie mit
einem Arzt verheiratet und zog zwei Söhne groß.
Darüber hinaus sammelte sie über zehn Jahre
Arbeitserfahrung als Therapeutin. Sie speziali-
siert sich auf Hypnotherapie, autogenes Training,
Gesundheitsmassagen. Seit 2019 lebt sie mit ihrem
neuen Lebenspartner auf Sardinien, wo sie sich mit
Agriturismo beschäftigt und Ferienwohnungen ver-
mietet. Schreiben ist für sie ein Hobby. Mit „Pina
La Straniera" legt sie ihr Erstlingswerk vor.

novum VERLAG FÜR NEUAUTOREN

Der Verlag

Wer aufhört besser zu werden, hat aufgehört gut zu sein!

Basierend auf diesem Motto ist es dem novum Verlag ein Anliegen, neue Manuskripte aufzuspüren, zu veröffentlichen und deren Autoren langfristig zu fördern. Mittlerweile gilt der 1997 gegründete und mehrfach prämierte Verlag als Spezialist für Neuautoren in Deutschland, Österreich und der Schweiz.

Für jedes neue Manuskript wird innerhalb weniger Wochen eine kostenfreie, unverbindliche Lektorats-Prüfung erstellt.

Weitere Informationen zum Verlag und seinen Büchern finden Sie im Internet unter:

www.novumverlag.com